GRAND ORIENT DE FRANCE

FÉDÉRATION

DES

LL∴ DU CENTRE

COMPTE-RENDU

AUX ATELIERS

DE LA FÉDÉRATION DES LL∴ DU CENTRE

des Travaux du Congrès

Tenu à BOURGES, les 9 et 10 Avril 1904

SOUS LA PRÉSIDENCE

DU F∴ MASSÉ, DÉPUTÉ DE LA NIÈVRE

Membre du Conseil de l'Ordre

DU G∴ OR∴ DE FRANCE

Ce Compte Rendu n'est pas destiné à être publié

GRAND ORIENT DE FRANCE

FÉDÉRATION

DES

LL∴ DU CENTRE

COMPTE-RENDU

AUX ATELIERS

DE LA FÉDÉRATION DES LL∴ DU CENTRE

des Travaux du Congrès

Tenu à BOURGES, les 9 et 10 Avril 1904

SOUS LA PRÉSIDENCE

DU F∴ MASSÉ, DÉPUTÉ DE LA NIÈVRE

Membre du Conseil de l'Ordre

DU G∴ OR∴ DE FRANCE

Ce Compte-Rendu n'est pas destiné à être publié

GRAND ORIENT DE FRANCE

Fédération des Loges du Centre

COMPTE-RENDU

du Congrès

Tenu à BOURGES, les 9 et 10 Avril 1904

Loges Adhérentes et Représentées

1. *L'Equerre* de Moulins (Allier).

2. *La Cosmopolite* de Vichy (Allier).

3. *Les Philanthropes Arvernes* de Clermont-Ferrand (Puy-de-Dôme),

4. *Les Enfants de Gervovie* de Clermont-Ferrand (Puy-de-Dôme).

5. *Union et Solidarité* de Montluçon (Allier).

6. *Les Préjugés vaincus* de Guéret (Creuse).

7. *Le Réveil Anicien* du Puy (Haute-Loire).

8. *L'Humanité* de Nevers (Nièvre).

9. *Les Demophiles* de Tours (Indre-et-Loire).

10. *La Gauloise* de Châteauroux (Indre).

11. *L'Evolution Sociale* de Vendôme (Loir-et-Cher).

12. *Etienne Dolet* d'Orléans (Loiret).

13. *Raison et Solidarité* d'Issoire (Haute-Loire).

14. *Travail et Fraternité* de Bourges (Cher).

15. *Les artistes réunis*, Limoges (H^{te} Vienne.)

CONVENT DE 1903

Réunoin des Délégués des Loges du Centre

L'an 1903, le 23 Septembre, au Grand Orient de France, 16, rue Cadet, Paris, se sont réunis les délégués des Loges de la région du Centre.

Etaient représentées : les Loges de Montluçon, Moulins, Bourges, Clermont, Issoire, Nevers, Guéret, Le Puy, Limoges, Tours, Vendôme, Vichy, Orléans.

Le F.˙. Massé propose que les Loges du Centre se réunissent en Congrès régional afin de pouvoir discuter utilement les intérêts maçonniques de la région et les projets qui pourront être présentés au Convent avec l'appui des Loges du Centre.

Le F.˙. Courbier rappelle que depuis trois années, lors de chaque Convent, les Délégués des Loges du Centre se réunissent et que cette même question revient en discussion. Il y a trois ans, un F.˙. de Clermont s'était engagé à faire les démarches nécessaires et à prendre les mesures préparatoires ; rien n'a été fait.

Le F.˙. Courbier demande que l'on arrête dès aujourd'hui les grandes lignes du Congrès de 1904, c'est-à-dire que l'on désigne la ville où il siègera, sa date approximative, le nombre des délégués par Loge, et les FF.˙. chargés d'élaborer le projet de règlement du Congrès.

Après échange de vues entre les FF.˙. présents, cette motion est adoptée à l'unanimité.

Il est décidé que par les soins du Secrétaire qui va être désigné. seront convoquées :

Les Loges de la Creuse, de l'Allier, du Cher, du Puy-de-Dôme, de la Corrèze, de la Haute-Vienne, du Loiret, de l'Indre, de l'Indre-et-Loire, de la Nièvre, de la Haute-Loire et du Loir-et-Cher ;

Une adhésion formelle sera demandée ;

Chaque Loge aura droit à trois délégués au plus ;

Les votes auront lieu par tête ;

Pourront être délégués les FF∴ actifs appartenant a un Atelier voisin ;

Le Congrès se réunira la semaine de Pâques afin d'être clos le dimanche soir.

Le F∴ Courbier demande aux délégués de vouloir bien désigner Bourges comme siège de Congrès de 1904, afin que les Francs-Maçons apportent à l'Atelier fondé il y a quelques mois dans cette ville l'influence morale nécessaire à toute Loge naissante.

Les Délégués adoptent cette motion à l'unanimité.

Le F∴ Massé et le F∴ Courbier conserveront jusqu'au Convent prochain, les fonctions de Président et Secrétaire du Groupe des Délégués des Loges du Centre ; en cette qualité, ils organiseront le Congrès.

Signé : MASSÉ ET COURBIER.

PL∴ ADRESSÉE AUX LL∴ DE LA RÉGION

OR∴ de Bourges (Cher), le 16 Novembre 5903.

Vén∴ Maître et IT∴ CC∴ FF∴

Nous avons la faveur de vous rappeler les principales décisions arrêtées par les délégués des LL∴ du Centre, lors du Convent de 5903.

Il a été décidé à l'unanimité que :

1° La Fédération des LL∴ du Centre sera reconstituée ;

2° Un congrès aura lieu à Bourges en 5904, dans la semaine qui suivra le dimanche de Pâques ;

3° Chaque L∴ adhérente sera représentée par 3 délégués, membres actifs de son At∴ ou une autre L∴ de la Fédération du Centre ;

4° Les FF∴ Massé, Député de la Nièvre, et Courbier, Vén∴ de la L∴ de Bourges, Président et Secrétaire de la réunion des Délégués, conserveront leurs fonctions jusqu'au Convent de 5904 et organiseront le Congrès de Bourges

La L∴ de Bourges, dont l'O∴ a été désigné comme siège du Congrès, dans le but de donner à cet At∴ naissant, l'appui moral qui lui est nécessaire, a ratifié avec joie la promesse faite en son nom par son Vén∴.

Une sous commission spéciale a été nommée en ten∴ plénière, et nos FF∴ délégués apprécieront, nous en sommes certains, les mesures arrêtées en vue d'assurer le succès de l'œuvre entreprise.

Nous venons vous demander, TT∴ CC∴ FF∴, de vouloir bien nous faire parvenir avant le 20 décembre prochain :

1° L'adhésion ferme de votre R∴ At∴ à la Fédération des LL∴ du Centre ;

2° Les noms et adresses de vos délégués titulaires et suppléants (3 titulaires et 3 suppléants).

La date du Congrès a été fixée à raison de ce qu'après Pâques, nos FF∴, qui appartiennent au corps enseignant, sont en vacances, et pourront plus facilement prendre part aux Travaux, lesquels auront lieu au 1er degré.

Dès que votre adhésion nous sera parvenue, nous vous soumettrons une méthode de travail permettant d'employer toutes les séances du Congrès à la discussion utile des questions à l'ordre du jour.

Nous croyons superflu, TT∴ CC∴ FF∴, de vous signaler les avantages devant résulter pour les LL∴ du Centre de nos réunions régionales.

Nous comptons sur votre adhésion et nous vous prions de recevoir, Vén∴ Maître et TT∴ CC∴ FF∴, l'expression de nos sentiments frat∴ et dévoués.

Alfred MASSÉ,	**Félix COURBIER,**
Député de la Nièvre,	*Avoué à Saint-Amand,*
Membre du Conseil de l'Ordre	*Vén∴ de la L∴ de Bourges,*
du G∴ O∴ de F∴	*Membre de la Chambre de Cassation du G∴ O∴ de F∴*

ORDRE DU JOUR

DU

Congrès des Loges du Centre

PRÉPARÉ PAR LA

L∴ « TRAVAIL ET FRATERNITÉ »

OR∴ DE BOURGES

Désignée pour être le siège du Congrès de 1904

SAMEDI, 9 Avril 1904, à 10 heures du matin

Ouverture des travaux. — Appel des délégués. — Vérification des pouvoirs ;

Nomination du Président, du Vice-Président et de l'Or∴ du Congrès ;

Projet de règlement des Congrès des LL∴ du Centre, discussion et vote ;

Désignation du siège du Congrès de 1905.

SAMEDI, de 1 heure du soir à 6 heures et DIMANCHE, de 9 heures du matin à 11 heures

Modification à la constitution maçonnique (*Les Enfants de Gergovie*).

Modifications au règlement général (*La Gauloise*).

Épuration et recrutement des fonctionnaires publics (*Le Réveil Anicien*).

Vœu tendant à la suppression de l'inamovibilité de la magistrature assise (*Les Philanthropes Arvernes) Travail et Fraternité*).

Protestation contre le don de certains livres par le Ministère de l'Instruction publique (*Raison et Solidarité*).

Améliorations à apporter aux services postaux (*Les Enfants de Gergovie*).

Extension des lois sur les Accidents du Travail (*Travail et Fraternité*).

Projet de réformes scolaires (*Le Réveil Anicien*).

QUESTIONS MILITAIRES

Suppression des périodes d'instruction de l'Armée territoriale (*Les Enfants de Gergovie*).

Mesures à prendre pour éviter le gaspillage des deniers publics (*Les Enfants de Gergovie*).

Moyens à employer pour arriver à la démocratisation des cadres de l'Armée (*Les Enfants de Gergovie*).

Nécessité de soustraire l'Armée aux influences cléricales (*Les Philanthropes Arvernes*)

SAMEDI SOIR, à 7 heures précises,

BANQUET MAÇONNIQUE

DIMANCHE, à 11 heures du matin,
Clôture des Travaux

A 2 heures du soir, **CONFÉRENCE PUBLIQUE**
au Théâtre de Bourges

CONGRÈS DES LOGES DU CENTRE

9 et 10 avril 1904

RÉSUMÉ DES PROPOSITIONS A L'ORDRE DU JOUR DU CONGRÈS

Par les LL∴ adhérentes

MODIFICATION A LA CONSTITUTION MAÇONNIQUE

1° La L∴ *Les Enfants de Gergovie,* Or∴ de Clermont, demande l'organisation des LL∴ en Fédérations régionales. Ces Fédérations éliraient pour un an, un ou plusieurs délégués au Conseil de l'Ordre. Ces délégués seraient permanents et rétribués.

L'At∴ auteur de la proposition estime qu'un Conseil de l'Ordre formé de ces délégués défendrait plus utilement les propositions des LL∴ de provinces, parce qu'ils seraient en contact direct et permanent avec les Fédérations.

2° La L∴ *Les Enfants de Gergovie* propose de supprimer pour le délégué suppléant au convent, la condition de posséder deux années de Maîtrise, et la possibilité pour le délégué titulaire, de céder momentanément la place au suppléant lorsqu'il estime que ce dernier pourra mieux que lui soutenir certaines propositions.

Ce mode de procéder, d'après les *Enfants de Gergovie*, permettrait à certains Off.˙. de traiter à la tribune du convent des questions qu'ils connaissent à fond alors que le délégué titulaire peut être spécialisé sur une autre matière.

MODIFICATION AU RÈGLEMENT GÉNÉRAL

La L.˙. *La Gauloise*, Or.˙. de Châteauroux, propose de modifier l'article 158 bis et d'ajouter un § ainsi conçu : Sur la demande des LL.˙. et à leurs frais, le Conseil de l'Ordre désignera toujours un délégué pour assister aux obsèques des FF.˙. décédés.

Il n'est donné aucun motif à l'appui de ce vœu qui sera développé par un délégué de la L.˙. de Châteauroux.

Le même At.˙. propose : La simplification aussi grande que possible en ce qui concerne les décorations ou les grades de la Franc-Maçonnerie ainsi que la suppression de certaines cérémonies ritueliques prescrites dans la L.˙.

Dans un rapport remis au nom de *La Gauloise*, un F.˙. demande la suppression des cordons distinctifs, la modfi ation du langage rituelique, moins d'exigence dans le choix du local et la suppression d'accessoires inutiles, tout en conservant ce qui est strictement nécessaire pour assurer le respect du Temple, le secret des délibérations et l'ordre des travaux.

ÉPURATION ET RECRUTEMENT DES FONCTIONNAIRES PUBLICS

La Resp.˙. L.˙. *Le Réveil Anicien*, Or.˙. du Puy, émet le vœu : 1° Qu'il soit enfin procédé d'urgence à l'épuration des fonctionnaires de la République en commençant par l'épuration du personnel des divers rouages administratifs, notamment des fonctionnaires réactionnaires des divers ministères et des chefs des administrations départementales ;

2° Que, désormais, avant d'admettre un candidat à une fonction publique, surtout à une fonction administrative, il soit préalablement fait une enquête sur le caractère, la valeur morale, le credo politique du postulant. A l'appui de ces vœux, le *Réveil Anicien* signale les agissements de certains fonctionnaires de l'enseignement que le gouvernement a récompensés des trahisons envers lui, en leur accordant avancement et faveurs.

VŒU TENDANT A LA SUPPRESSION DE L'INAMOVIBILITÉ
DE LA MAGISTRATURE

La Resp.˙. L.˙. *Les Philanthropes Arvernes*, après avoir

rappelé l'état de rebellion dans lequel se sont placés certains tribunaux de Cours d'Appel, propose : 1º de poursuivre la suppression de l'inamovibilité de la magistrature assise des Cours et Tribunaux, en conséquence d'émettre dès à présent le vœu que l'art. 15 de la loi du 30 Août 1883 soit abrogé et remplacé par des dispositions nouvelles qui fixeront les conditions de choix, de nomination, de déplacement, d'avancement et de révocation des membres des compagnies judiciaires.

2º De mener une campagne active en vue d'amener le Parlement à voter à bref délai la suppression de l'inamovibilité et son remplacement par une législation nouvelle conforme aux véritables principes démocratiques.

Dans un rapport complémentaire, les *Philanthropes Arvernes* estiment qu'en attendant une réorganisation complète, il y a lieu de mettre un terme aux scandaleuses décisions des Cours et Tribunaux et de réprimer cette anarchie judiciaire. Ils proposent le vote d'une loi très courte qui, en un seul article, rendrait au ministre de la justice le droit de déplacer les magistrats auxquels certains milieux ne valent rien et que quelques voyages fermeraient rapidement. C'est-à-dire cet At∴ demande la suppression de l'inamovibilité de la résidence.

La L∴ *Travail et Fraternité*, tout en admettant la suppression de l'inamovibilité de la résidence, estime que l'inamovibilité de la fonction de magistrat doit être simplement suspendue, ainsi que cela a été fait en 1881. Ce moyen permettrait aux républicains de se débarrasser de certains magistrats adversaires notoires des lois républicaines, tout en conservant à la magistrature en général, son indépendance.

Au point de vue politique, le système préconisé par la L∴ de Bourges, assurerait la sécurité du régime républicain. Les conclusions des rapports des LL∴ de Clermont, de Guéret et de Bourges sont unanimes en ce sens, que toutes reconnaissent que le mode de recrutement actuel est défectueux ; la L∴ *Les Préjugés vaincus* propose l'élection des magistrats. pour 9 années par certains corps élus et sous différentes garanties ; d'après ce système, la révocation du magistrat serait possible dans certains cas.

Les *Philanthropes Arvernes* paraissent être d'avis que les magistrats doivent être des fonctionnaires comme les autres, *responsables* et *révocables*.

La L∴ *Travail et Fraternité* propose que le recrutement et l'avancement des magistrats doivent s'opérer par le concours et, que de ces concours soient écartés, après enquête, les candidats réactionnaires ou simplement douteux. Nous aurons ainsi une magistrature républicaine, du moins d'après cet At∴

PROTESTATION CONTRE LE DON DE CERTAINS LIVRES PAR LE MINISTÈRE DE L'INSTRUCTION PUBLIQUE

La L∴ *Raison et Solidarité*, Or∴ d'Issoire, expose qu'il a été fait don par le ministère de l'Instruction Publique, aux bibliothèques des écoles et aux Universités Populaires, de livres comme le *Théâtre bleu*, où la science est tournée en ridicule, les hommes de la Révolution y sont présentés comme des brutes, mais en revanche où la chouannerie se trouve glorifiée.

Il est avéré que le Ministre de l'Instruction Publique compte dans ses bureaux, des fonctionnaires cléricaux à l'esprit rétrograde.

La L∴ d'Issoire demande que le Congrès proteste énergiquement contre les faits signalés et qu'une enquête soit ouverte par les LL∴ de France, afin de rechercher si les fonctionnaires complices de la congrégation et embusqués au Ministère de l'Instruction publique ont manifesté dans beaucoup de villes par l'envoi aux frais des contribuables de livres dans lesquels on prêche la haine de la Révolution Française et de la pensée libre.

AMÉLIORATION A APPORTER AUX SERVICES POSTAUX

La L∴ *Les Enfants de Gergovie*, considérant que les tarifs postaux trop élevés sont une entrave apportée au commerce, l'industrie et nuisent à la propagande des associations républicaines, émet le vœu :

1° Qu'en attendant l'abaissement à dix et même à cinq centimes du tarif de transports de lettres ordinaires, les poids attribués à ces lettres soient ainsi modifiés :

Quinze centimes pour 25 grammes.

Au-delà et en supplément, cinq centimes par 25 grammes ou fractions de 25 grammes.

Ainsi une lettre pesant.

25 grammes et au-dessous se trouverait taxée à 0 fr. 15
de 25 à 50 grammes — — 0 fr. 20
de 50 à 75 grammes — — 0 fr. 25 etc.

2° Que le poids des imprimés se trouve ainsi modifié :

Sous bande 0.01 par 25 grammes ou fractions de 25 gr.

Sous enveloppe ouverte 0.05 pour 50 grammes ; au delà et en supplément 0.05 par 100 grammes ou fractions de 100 grammes. soit 0.10 pour 150 grammes, 0.15 pour 250 grammes, etc...

Le même At∴ considérant que, par suite de l'insuffisance numérique du personnel, le service des postes fonctionne d'une façon déplorable ;

Que beaucoup de localités importantes sont dépourvues de bureaux de poste ;

Que dans les villes, le nombre des levées et des distributions est insuffisant et que le service imposé aux employés et surtout aux facteurs constitue un véritable surmenage ;

Que le développement des services nécessite une augmentation de personnel dont le traitement serait largement compensé par l'augmentation des recettes résultant de la plus grande facilité de correspondance ;

Emet le vœu :

1° Que le personnel des postes, largement augmenté, soit mis en état de faire face aux exigences modernes, afin que :

a) Chaque localité importante soit desservie par un bureau de poste ;

b) Même pour les moins importantes, deux distributions aient lieu par jour ;

c) Le nombre des départs soit mis en rapport avec les trains existants ;

d) Le parcours des facteurs soit réglé de façon qu'il ne puisse jamais dépasser, en y comprenant les écarts, 28 kilomètres par jour ;

e) Que, par semaine, il soit accordé par roulement un jour complet ;

2° Que, pour faire face à ces augmentations de personnel, l'Etat profite des suppressions d'emploi qui se produiront dans les divers services publics trop largement dotés, dans l'armée, par une réorganisation des cadres trop exubérants, par la mise à pied d'ouvriers provenant par suite de la fermeture des manufactures, arsenaux, usines dépendant de l'Etat.

La L∴ *Les Enfants de Gergovie*,

Considérant que les citoyens français participant tous aux charges de l'Etat, doivent être admis aux mêmes avantages ;

Que les Postes et Télégraphes constituent avant tout un service public et que certaines localités ont été privées de bureaux télégraphiques par les convenances de l'Administration ;

Emet le vœu : Que le supplément payé pour la transmission par exprès des dépêches télégraphiques soit supprimé, et qu'un tarif unique soit adopté pour toutes les localités de France.

EXTENSION DES LOIS SUR LES ACCIDENTS DU TRAVAIL

La L∴ *Travail et Fraternité*,

Considérant que les lois sur les accidents survenus pendant le travail sont incomplètes et ne sont applicables qu'à certains travailleurs alors que tous doivent être protégés.

Que le travail profitant à la nation toute entière, c'est l'Etat qui doit garantir le travailleur contre les accidents dont il est victime tandis qu'il augmente la richesse nationale.

Considérant que l'intermédiaire des Cies d'Assurances est inutile, celles-ci ayant pour seul objet de réaliser un bénéfice sur les primes versées par l'employeur, bénéfice qui majore le prix de la main-d'œuvre ; Que le mode d'assurances actuel n'est pas équitable, le gros propriétaire et le riche financier tout en participant ou en bénéficiant du travail, ne participent pas à la garantie due au travailleur ;

Emet le vœu : Que les lois sur les accidents du travail seront applicables à tous les ouvriers et employés sans exception, et aux petits patrons vivant de leur seul travail et n'occupant pas plus de deux ouvriers.

Que l'Etat devra servir aux victimes des accidents ou à leurs ayants-droits les rentes ou indemnités prévues par la loi.

Que la caisse nationale d'assurances chargée d'effectuer ce paiement sera alimentée par tous les contribuables dans le mode fiscal ordinaire.

Projet de réformes scolaires

La L∴ Le *Réveil Anicien* estime qu'il faut arriver à la suppression de l'enseignement clérical et assurer à tous les enfants une instruction et une éducation qui leur permettront de remplir leurs devoirs et d'exercer leurs droits d'homme et de citoyen. Cet At∴ déclare que l'Etat a, en principe, un droit primordial en matière d'enseignement, puis soumet à notre discussion la question de savoir si ce droit doit être exercé 1° par le monopole, c'est-à-dire l'Etat enseignant lui-même ; 2° par un contrôle sur un enseignement donné par l'initiative privée ; 3° par le système mixte de l'Etat enseignant et d'un enseignement libre contrôlé.

Le *Réveil Anicien* ne prend pas parti, mais déclare que le 3° système l'emporte soit devant l'opinion publique, soit devant le Parlement, et ajoute que l'enseignement libre doit être soumis à des garanties morales et professionnelles très sérieuses et à une surveillance incessante. Etant indiqué que le droit d'enseigner doit être enlevé aux congrégations.

La L∴ *Travail et Fraternité* ne partage pas complètement la manière de voir de la L∴ du Puy et se rallierait volontiers au système préconisé par cet At∴ ; mais l'expérience démontre que si, par décret ou par loi spéciale, le droit d'enseigner a été enlevé à certains congréganistes, il a suffi à ceux-ci de changer de tailleurs pour enseigner sous l'habit laïc, les mêmes doctrines empoisonnées qu'ils enseignent sous la robe du moine ; demain les congrégations enseignantes seront dispersées, le même enseignement sera donné par les mêmes congréganistes qui se prétendront sécularisés. Le seul remède utile, le seul moyen efficace, c'est le monopole de l'enseignement par l'Etat, monòpole que la L.˙. de Bourges propose parce qu'il est impossible de solutionner autrement la question de l'Enseignement. Admettons, si l'on veut, que, à titre d'essai, ce monepole s'exercera pendant une période déterminée, pendant 20 ans... mais dans la situation actuelle il s'impose, et tout autre système ne pourrait que fac> faciliter la fraude, l'hypocrisie de la congrégation tout en lui permettant de se maintenir toujours organisée, prête à se lancer à l'assaut de la République et de travailler à sa destruction.

LAÏCISATION DES SERVICES D'ASSISTANCE AUPRÈS DES MALADES

La L.˙. *Le Réveil Anicien*, rappelle que depuis de longues années, la Maç.˙. travaille à l'organisation de ces corps d'infirmières laïques que l'on trouve seulement dans les grandes villes.

Elle demande la création d'écoles professionnelles d'infirmières partout où cela est possible, notamment dans les villes où existent des Facultés de médecine ou simplement des hôpitaux et émet le vœu que tous les Maç.˙. apportent leur concours à cette œuvre humanitaire qui facilitera la laïcisation des hôpitaux.

QUESTIONS MILITAIRES

Les LL.˙. de Clermont Ferrand soumettent au Congrès des questions fort intéressantes tendant à la réorganisation et à la démocratisation des cadres de l'Armée. Ces questions sont magistralement traitées dans des brochures imprimées et adressées aux At.˙. de la région par le soin de ces LL.˙. — Les délégués sont priés d'en demander des exemplaires aux *Enfants de Gergovie* et aux *Philanthropes Avernes*, afin d'étudier avant le Congrès les questions traitées, et à préparer les motions qu'ils croiraient devoir soumettre à l'Assemblée.

Travaux du Congrès

Le neuf Avril 1904, à neuf heures trente du matin, les travaux du Congrès sont ouverts dans la salle du Conseil municipal de la commune de Bourges, mise gracieusement à la disposition du Congrès par la municipalité.

Le F∴ Massé préside, assisté du F∴ Courbier, Vén∴ de la L∴ de Bourges. Il fait donner lecture par le F∴ G∴ Secrétaire-adjoint de la Loge de Bourges, du procès-verbal de la réunion des délégués des Loges du Centre au Convent qui a eu lieu au Grand-Orient, le 23 septembre et au cours de laquelle fut décidée la formation de la Fédération des Loges du Centre.

On procède ensuite à l'appel nominal des délégués.

Le secrétaire lit une lettre du Grand-Orient de France, désignant le F∴ Massé comme délégué du Conseil de l'Ordre au Congrès.

Il est procédé à la formation du bureau.

Un F∴ demande que le bureau de la Loge de Bourges remplisse les mêmes fonctions à l'égard du Congrès.

Les FF∴ Massé et Courbier expliquent que cela leur paraît irrégulier et qu'il est préférable de se conformer au règlement provisoire, élaboré à la réunion de fondation.

Par acclamation, le F∴ Massé est désigné comme président et le F∴ Courbier comme vice-président.

Le secrétaire de la Loge de Bourges remplira les mêmes fonctions près du Congrès.

Le F∴ M∴ de la même Loge, remplira les fonctions d'orateur provisoire.

Le Président remercie l'assemblée de la marque de confiance qu'elle vient de lui donner et il engage les membres du Congrès à travailler résolument, l'ordre du jour étant très chargé et le temps fixé pour le discuter étant très court.

Lecture est donnée des différentes lettres d'excuse, notamment de celle du F∴ Rabier, qui regrette de ne pouvoir assister aux travaux du Congrès.

Le citoyen Lebrun, maire de Bourges, avise le Président du Congrès, qu'il met à sa disposition les locaux du théâtre et du gymnase municipal pour la conférence et le banquet projetés, et la salle du Conseil municipal pour le Congrès.

A l'unanimité, des remerciements sont votés au citoyen maire et à la municipalité républicaine de la ville de Bourges.

Le Secrétaire donne lecture du *projet* de règlement dont la teneur suit :

ARTICLE PREMIER. — Il y a chaque année un Congrès des LL∴ du Centre.

ART. 2. — Le Congrès se compose des délégués des LL∴ régulièrement établies sans distinction d'obédience, ayant donné jusqu'à ce jour leur adhésion, savoir : Nièvre, Loiret, Allier, Puy de Dôme, Haute Vienne, Creuse, Indre, Haute Loire, Cher, Indre-et-Loire, Loir-et-Cher, et des délégués des autres LL∴ qui adhéreront ultérieurement au présent règlement.

ART. 3. — Le Congrès traite uniquement des questions d'intérêt général Maç∴.

ART. 4. — Le Congrès se réunit dans la L∴ désignée par le Congrès précédent. Cette désignation a lieu par voie de tirage au sort.

Les noms des LL∴ où le Congrès a déjà siégé ne sont point mis dans l'urne.

Un second tirage a lieu pour la désignation d'une L∴ suppléante, sans toutefois entraîner pour cette L∴ la priorité pour le Congrès suivant.

Dans les Or∴ comprenant plusieurs LL∴, le Congrès ne peut avoir lieu dans le même Or∴ avant l'expiration d'un délai de trois ans.

La réunion du Congrès a lieu chaque année à une époque fixée en même temps que l'Or∴.

La L∴ chargée de recevoir le Congrès, fixe la date de sa réunion, arrête l'ordre du jour et convoque les LL∴ adhérentes au moins deux mois à l'avance.

ART. 5. — Les LL∴ ainsi convoquées sont invitées à mettre les questions proposées sous le maillet.

ART. 6. — Les travaux des Congrès s'ouvrent sous la présidence du Vén∴ de la L∴ dans le temple de laquelle il se réunit.

ART. 7. — A la séance d'ouverture et après vérification des pouvoirs, le Congrès procède à l'élection d'un Président et d'un Vice-Président qui doivent diriger les débats pendant toute leur durée.

ART. 8. — Les délégués munis de pouvoirs réguliers des LL∴ auxquelles ils appartiennent, peuvent seuls être admis à voter.

ART. 9. — Chaque L∴ adhérente sera représentée par 3 délégués ; ceux-ci devront être Maç∴ actifs et être choisis soit parmi les membres de l'At∴ adhérent ou d'un autre de la Fédération des LL∴ du Centre.

ART. 10. — Le Président et le Vice Président et l'Or∴ du Congrès sont assistés des Off∴ Dig∴ de la L∴ où le Congrès se réunit. Ces derniers n'auront voix délibérative que s'ils sont délégués de l'At∴ Le Congrès peut toujours, sur la proposition de l'un de ses membres, prononcer la clôture de la discussion.

ART. 11. — Les questions sont discutées dans l'ordre fixé par la Pl∴ de convocation.

ART. 12. — Les frais de déplacement et de séjour des délégués restent à la charge de ceux-ci ou des LL∴ auxquelles ils appartiennent. La loge où se réunit le Congrès n'a, dans tous les cas, à supporter que les dépenses afférentes au local de l'Assemblée.

ART. 13. — Lors de chaque session, il est organisé un banquet dont la dépense est couverte par les souscriptions individuelles des membres qui y assistent, et dont le coût ne doit pas être supérieur à dix francs.

ART. 14. — Le compte rendu *in extenso* des travaux du Congrès est imprimé dans le mois qui suit sa clôture, par le soin des Off∴ Dign∴ de la L∴ qui ont reçu le Congrès et aux frais de toutes les LL∴ adhérentes, qu'elles aient ou n'aient pas envoyé de délégués pour les représenter.

ART. 15. — Le nombre des exemplaires destinés à chaque L∴ est fixé à dix ; ce chiffre peut être augmenté sur la demande d'un ou plusieurs At∴ ; mais tout exemplaire ainsi délivré en plus est payé au prorata du tirage, par l'At∴ ou les At∴ qui les prennent. Le produit de cette vente est affecté au tronc de la V∴

ART. 16. — Tout ce qui n'est pas prévu par le présent règlement est réglé conformément à la Constitution et au Règlement du G∴ O∴ de France.

L'article premier est adopté sans observation.

Sur l'article 2, le président formule, au nom du Conseil de l'Ordre, une objection de principe : « Il est impossible, dit-il, de recevoir dans les Congrès des Maçons d'autres obédiences que celles avec lesquelles le Grand Orient est en relation. J'insiste en particulier sur ces mots « régulièrement établies » et je propose la suppression des mots sans distinction d'obédience. »

Cette motion est adoptée.

L'article 3 est adopté sans observations.

Diverses modifications sont apportées à l'article 4,

La deuxième partie du § 1 est supprimée, ainsi que le § 2.

Les §§ 3, 4 et 5 sont adoptés.

Le § 6 est modifié ainsi :

La Loge chargée de recevoir le Congrès fixe, *de concert avec les officiers du Congrès précédent*, la date de sa réunion, etc.

L'article 5 est adopté.

L'article 6 est adopté avec cette adjonction : *ou à son défaut sous la présidence du délégué le plus ancien au grade de maître.*

Les articles 7, 8 et 9 sont adoptés.

Une discussion s'engage au sujet de l'article 10. Au sujet de l'orateur, plusieurs FF.·. voudraient que le Congrès désignât son orateur. L'article 10 est adopté avec cette adjonction : *Le Congrès nommera son orateur.*

L'article 11 est adopté avec cette adjonction : *Le Congrès aura toujours le droit de modifier son ordre du jour.*

Le F.·. Massé demande si le Président du Congrès est de droit Président des commissions et si, en son absence, le Vice-Président aura la même prérogative. Le Congrès se prononce pour l'affirmative.

L'article 13 n'est modifié qu'en ce qui concerne le prix du banquet qui est fixé à 6 francs.

L'article 14 est adopté, sauf modification ainsi conçue : au lieu de *in extenso*, l'article 14 portera les mots « aussi complet » que possible.

L'article 15 sera ainsi libellé : Chaque année le Congrès fixe le nombre d'exemplaires auquel sera tiré le compte-rendu des séances et en détermine la répartition.

L'article 16 devient l'article 17 par suite du vote d'un article nouveau ainsi conçu : *Pour subvenir aux frais d'administration, imprimés, affranchissements, etc., chaque Loge affiliée versera une cotisation de 10 francs par an. Le Trésorier de la Loge organisatrice du Congrès sera trésorier de la Fédération jusqu'au Congrès suivant.*

Le Congrès nomme son orateur, le F.·. Tr.·. de la Loge des *Enfants de Gergovie* est élu.

L'ordre du jour appelle la fixation du siège du prochain Congrès :

Le F.·. R.·. sollicite pour Clermont l'honneur d'avoir à organiser le 2ᵉ Congrès de la Fédération.

Le F.·. Tr.·. de Clermont dit qu'il s'associe à cette proposition, les deux Loges de Clermont devant s'entendre facilement pour cette organisation et demande la priorité pour la Loge *Les Philanthropes Arvernes*.

Le Président. — Il est bien entendu qu'il n'y a aucune rivalité sur ce point entre les deux ateliers.

Le F∴ R∴ en donne l'assurance.

L'assemblée fixe à Clermont le siège du prochain Congrès et charge la Loge, *Les Philanthropes Arvernes*, de l'organisation.

La Loge de Montluçon est désignée comme Loge suppléante.

Un F∴ fait remarquer qu'il est 11 heures 3/4 et demande la suspension des travaux.

Le Président dit qu'il ne peut lever la séance sans adresser au nom de tous, les félicitations les plus sincères au F∴ Courbier pour l'activité, le dévouement et l'intelligence qu'il a apportés à la formation de la Fédération des Loges du Centre et à l'organisation de ce Congrès.

Le F∴ Courbier reçoit les chaleureux remerciements du Président et de l'assemblée, puis il donne l'énumération des frais du Congrès et présente son compte de gestion qui est adopté sur les conclusions de l'Orateur avec de nouveaux remerciements.

La séance est levée à midi et les travaux sont repris à une heure trente.

2ᵐᵉ Séance. — 9 avril

La séance est ouverte à une heure trente du soir, sous la Présidence du F∴ MASSÉ.

Le F∴ Courbier informe l'Assemblée que la Loge *Les Philanthropes Arvernes*, de Clermont, n'ayant au Congrès qu'un seul délégué, émet le désir de voir désigner deux autres délégués pris parmi les membres de l'At∴ de Bourges. Les F∴ S∴ et G∴, désignés comme délégués, acceptent de remplir ces fonctions.

De même le F∴ Massé donne lecture d'une communication de la L∴ de Guéret, qui n'ayant pu envoyer de délégués au Congrès, demande à être représentée par trois membres de l'At∴ de Bourges. Les FF∴ G∴ M∴ et Z∴ sont désignés pour représenter la L∴ de Guéret.

Le F∴ Massé est saisi d'une proposition du F∴ C∴, délégué de Nevers, tendant à adresser aux FF∴ Combes et Pelletan, l'expression de sympathie du Congrès et des félicitations pour leur œuvre de laïcisation et d'action républ caine.

Le F∴ L∴, délégué des *Enfants de Gergovie*, demande qu'on associe à cette manifestation le F∴ Doumergues, Ministre des Colonies, pour les efforts qu'il fait dans le but de laïciser les colonies.

Le F∴ Courbier appuie ces propositions.

Le F∴ G∴, bien qu'approuvant pleinement la ligne de conduite politique suivie par le Ministère actuel, se demande s'il est bien uti e et bien profitable à la Franc-Maçonnerie de faire œuvre de parti et de se mettre ainsi en évidence.

Le F∴ Courbier s'élève avec énergie contre cette façon de rester toujours caché et de craindre de se compromettre. Il faut qu'une fois pour toutes la question soit éclaircie, dit-il. L'existence de la Franc-Maçonnerie est légalement reconnue, il faut en finir avec ces habitudes de prudence outrée qui permettent de se dérober. Le Gouvernement actuel est le seul qui ait osé entreprendre la lutte contre la Congrégation, il l'a poussée jusque dans ses derniers retranchements, nul plus que lui a fait preuve d'énergie et de courage, mais nul plus que lui non plus n'a été en butte aux outrages et à la calomnie ; qui donc le soutiendra si ses amis eux-mêmes craignent de l'encourager et de lui adresser publiquement leurs félicitations ? La Franc-Maçonnerie se doit à elle-même, elle doit aux principes qu'elle défend et qui lui sont chers, d'adresser au F∴ Combes, le témoignage de ses sympathies et de ses félicitations. (*Applaudissements répétés.*)

Le F∴ Massé met aux voix la proposition de F∴ Ch∴, qui est adoptée à l'unanimité. Il en est de même de la proposition L∴ p ur le F∴ Doumergues. Le bureau est chargé de la r daction de ces adresses.

Le F∴ T∴ de la Loge de Bourges, demande que l'on envoie une adresse semblable au F∴ Brisson, dont l'attitude loyale de Franc-Maçon ne s'est jamais démentie.

Cette proposition est adoptée à l'unanimité.

Le F∴ Tr∴, orateur :

Je demande à l'assemblée de nommer une commission spécialement chargée d'examiner les questions militaires. Si, intervertissant l'ordre du jour, je demande la nomination immédiate de cette commission, c'est en raison du peu de temps dont nous disposons et pour lui permettre d'étudier dès maintenant les questions qui sont à l'ordre du jour et de préparer un travail qu'il vous sera loisible d'examiner demain matin.

Le F.·. Courbier :

Excusez-moi d'intervenir fréquemment, dans ces débats ; mais ie dois donner l'avis du bureau sur la question qui vous est soumise. Nous pensons qu'il convient, pour établir le rapport que nous aurons à examiner demain, d'extraire la quintessence de toutes les propositions relatives aux questions militaires et de la condenser en une vingtaine d'articles à soumettre à la discussion du Congrès. De cette façon, nous saurons quelles sont les questions les plus importantes qui pourront être soumises et défendues au prochain Convent par des membres de notre fédération. Ce travail, destiné à être envoyé à toutes les Loges, devra comporter, à notre avis, des conclusions brèves et claires, de manière à faciliter la tâche de ces Loges.

Sous le bénéfice de ces observations, la proposition de l'Orateur du Congrès est adoptée ; il est en outre décidé que la commission comprendra sept membres qui sont immédiatement élus. Elle est ainsi composée : C' L.·., C' S·., capitaine M·., officiers d'administration B.·. et T.·. et les FF.·. Courbier et R.·.

La commission se réunit immédiatement sous la présidence du F.·. Massé, dans une salle voisine et nomme son rapporteur.

Les travaux du Congrès sont continués sous la présidence du F.·. Courbier.

Le F·. Courbier demande que l'on aborde l'ordre du jour et que l'on examine dès maintenant le projet de modification au Règlement général proposé par la Loge de Châteauroux.

Cette Loge propose de modifier l'article 158bis, en demandant, en résumé, qu'il y ait obligation pour le Conseil de l'Ordre d'envoyer un délégué aux obsèques civiles d'un Franc-Maçon décédé en activité.

Le F.·. D.·., délégué de cette Loge, soutient la modification proposée

Par suite du décès du Vén.·. d'honneur de l'At.·. de Châteauroux, une demande fut adressée au Grand-Orient pour qu'un délégué assistât aux obsèques civiles de ce F.·. Or, le G.·.-Orient ne put en envoyer.

Le F.·. D.·. fait remarquer combien il est regrettable qu'en de telles circonstances quelqu'un d'autorisé ne se trouve pas là pour prendre la parole et donner ainsi un éclat particulier à des obsèques civiles. Celles-ci sont encore très rares et il est désirable de profiter de ces douloureuses occasions pour étendre le plus possible ces manifestations de libre-pensée, et il ne doute pas que la présence d'un membre du Conseil de l'Ordre aux obsèques y contribuât pour une large part.

Il demande donc à l'Assemblée de prendre la proposition de *La Gauloise* en considération, afin que la question soit portée au prochain Convent.

Le F∴ Cl∴, délégué de Montluçon, conteste l'utilité de la proposition qui n'est pas, à proprement parler, une modification, mais plutôt une addition à l'article 158bis. Il ne croit pas qu'il soit possible d'obliger le Conseil de l'Ordre à envoyer un délégué aux obsèques des FF∴ décédés, bien persuadé d'ailleurs que toutes les fois qu'une demande semblable est adressée au Grand-Orient, il lui est donné suite dans la mesure du possible.

Le F∴ Gr∴ de Bourges, pense qu'il est matériellement impossible au Conseil de l'Ordre d'envoyer des délégués à chaque décès d'un F∴, ce qui occasionnerait de continuels déplacements des membres du G∴-O∴.

Il fait remarquer d'ailleurs que dans bien des cas, l'éloignement de la capitale rendrait inutiles de pareilles demandes, car le plus souvent le délégué du Grand-Orient arriverait alors que l'inhumation aurait eu lieu.

Le F∴ Courbier présente les conclusions de l'At∴ de Bourges qui, ayant examiné la question, a décidé de voter contre la proposition de *La Gauloise*. Le nombre des membres du Conseil de l'Ordre, dit le F∴ Courbier, est très restreint, et leurs attributions sont multiples, peut-on les obliger, en adoptant la proposition qui nous est faite, à dépenser un temps précieux en manifestations qui, certes, auraient, j'en suis persuadé, une répercussion heureuse sur l'extension de la pensée libre, mais qui n'en seraient pas moins du temps perdu pour les intérêts de la Franc-Maçonnerie toute entière. Le F∴ Courbier ne conteste pas, certes, la nécessité de donner aux obsèques civiles des FF∴ décédés, tout l'éclat désirable, mais il croit que ce but peut être atteint, en convoquant pour ces obsèques les FF∴ des Or∴ voisins, lesquels se feraient un devoir d'envoyer des délégués. Il conclut par l'impossibilité d'obliger les membres du Conseil de l'Ordre à ces déplacements et propose d'adresser simplement un vœu émettant le désir de voir le Grand-Orient envoyer un délégué toutes les fois que cela sera possible.

Le Délégué de la L∴ de Châteauroux dit que c'est là la thèse qu'il a soutenue devant son At∴.

Le vœu présenté par le F∴ Courbier, en remplacement de celui de la Loge de Châteauroux, mis aux voix, est adopté à l'unanimité.

Le F∴ D∴, délégué de la même Loge, présente la proposition de son Atelier, tendant à la simplification des décorations et des cérémonies rituelles ; il donne lecture du rapport suivant du F∴ Da∴, de la Loge *La Gauloise* :

« Si les réacteurs n'avaient à reprocher à la Franc-Maçonnerie que son travail lent et fécond pour la propagation des idées de tolérance et de progrès et son action en vue d'améliorer l'état social et politique des individus et des nations, l'influence de notre association serait beaucoup plus considérable qu'elle ne l'est et la bataille qui se livre depuis si longtemps contre les partisans des privilèges et de l'obscurantisme serait bien près d'être gagnée.

« Nos principes font leur chemin dans la foule ; on nous emprunte nos idées ; mais ceux qui se font ainsi nos alliés n'ont pas pour nous la sympathie que devrait nous attirer le but noble et élevé que nous poursuivons. La grande masse des profanes ne nous aime pas ; les uns nous considèrent avec mépris, les autres avec crainte.

« C'est que nous avons un côté faible. On peut nous attaquer devant l'opinion publique par le ridicule.

« Nos rubans multicolores et nos cérémonies rituelles servent à étayer les légendes malveillantes de nos ennemis qui nous représentent comme nous livrant à des pratiques monstrueuses ou déraisonnables.

« Bien des esprits sérieux et positifs, qui auraient pu nous apporter leur concours efficace, ont été éloignés de la Société par cette orgie de rubans et par ces cérémonies moyennageuses, que nous n'oserions pas pratiquer en public, parce qu'elles nous attireraient les rires et les quolibets de la foule.

« Presque tous les profanes sont persuadés que nous formons une secte religieuse et que nous combattons le cléricalisme catholique pour y substituer le cléricalisme maçonnique.

« La Franc-maçonnerie peut se flatter avec raison d'exercer une influence bienfaisante sur la marche de la civilisation ; mais elle exerce aussi une influence pernicieuse, en ce qui concerne la manie des décorations.

« Tous les gens sensés déplorent que notre peuple soit le plus ou l'un des plus sensibles à ce qui brille : aux belles paroles, aux beaux costumes, aux plumets, aux galons ; nous avons le féchitisme du galon, du clinquant.

« Bref, nous ne sommes pas un peuple sérieux. Nous nous déclarons satisfaits lorsque nous voyons sur nos monuments pub ics la devise républicaine : Liberté, égalité, fraternité. Il suffit que nous ayons le mot ; la chose nous importe peu. Nous tenons plus compte à un ministre d'un beau discours que d'un acte énergique

« Et pourtant, un homme atteint de la folie des galons et des décorations est un homme perdu ; il est prêt à toutes les basse-ses à l'égard des distributeurs pour satisfaire sa passion malsaine : comme si l'on valait mieux quand on a un ruban plus large ou plus long. Ce qui fait la valeur d'un homme ce n'est pas son costume, ce sont ses vertus et son talent. Si nous avons rendu plus de services qu'un autre, il n'y a aucune utilité à le faire inscrire sur notre poitrine ou sur notre manche. Il faut faire le bien pour le bien et non pour en tirer récompense ou vanité. Nos ennemin les cléricaux et les nationalistes disent que notre Association est composée de deux catégories d'éléments : 1° Les malins, les roublards, qui se servent des autres pour arriver à la fortune et aux honneurs ; 2° les badauds, vaniteux, qui remplissent l'office de marche-pieds, qu'on maintient en haleine par des hochets et des décorations, à qui on soutire beaucoup d'argent et auxquels on peut faire exécuter toutes sortes de besognes en flattant leur orgueil et en les comblant de rubans et de titres ronflants.

« Ce qui est vrai, c'est que les cordons coûtent cher et que beaucoup d'excellents Maçons ne sollicitent pas d'être reçus aux grades supérieurs à cause de la perspective des dépenses de toutes sortes que cela nécessite.

« Il faut que la Franc-Maçonnerie suive dans ses rites et dans ses coutumes les progrès et l'évolution qu'elle a accomplis dans ses idées. Il faut qu'elle soit une association vraiment fraternelle et démocratique, ou bien elle est destinée à périr avant d'avoir rempli tout son rôle.

« C'est presque exclusivement dans la petite bourgeoisie et parmi les fonctionnaires moyens que se recrute la Franc-Maçonnerie. Il est regrettable que l'on n'y rencontre pas de paysans et presque pas de petits ouvriers, qu'en un mot elle semble fermée aux prolétaires.

« Il faut que tous les Francs-Maçons des grades inférieurs soient convaincus qu'ils travaillent avec les chefs qu'ils se sont choisis à une grande et belle œuvre ; à l'amélioration du sort des humains, au progrès sans cesse menacé et au triomphe de la vérité toujours combattue par les hommes de ténèbres.

« Sans doute il a été utile autrefois d'agir sur les esprits ignorants par la pompe et le symbolisme. On frappait ainsi l'imagination et l'on produisait des dévouements où le fanatisme jouait un grand rôle. Mais dans notre siècle positif, épris de simplicité et de clarté, l'abus des symboles et des distinctions ne peut qu'être nuisible.

« Il est nécessaire que nous ayons nos moyens de nous reconnaître, pour éviter l'entrée dans nos temples d'espions et de mouchards, peut-être y a-t-il même lieu de prendre plus de précautions que nous le faisons.

« Il me paraît bon aussi de conserver les batteries qui commencent et ferment nos travaux et qui doivent inspirer tous nos actes de Francs-Maçons.

« Mais quel inconvénient y aurait-il à supprimer les chandelles et les becs de gaz allumés en plein jour ? Pourquoi n'établirions-nous pas nos temples au 1er ou au 2e étage des maisons au lieu de les placer au rez-de-chaussée, ce qui permet aux indiscrets de venir écouter aux portes et aux fenêtres.

« Est-il indispensable de conserver les signes et les cérémonies compliquées et mystiques qui accompagnent les initiations.

« Je me suis souvent demandé quel avantage il y avait à supposer que les travaux commencent à midi et se terminent invariablement à minuit. Je réclame la journée de 7 heures ou de 5 heures.

« Au lieu des rubans et cordons de toutes couleurs et généralement très chers qui bariolent la poitrine des maçons en travail, ne serait-il pas suffisant d'avoir des immortelles ou des églantines de diverses couleurs à la boutonnière, si l'on tient absolument à avoir des signes distinctifs pour les trois grades qui seraient conservés.

« Au lieu du candélabre qui éclaire si mal la table du Vénérable, ne vaudrait-il pas mieux mettre une bonne lampe ou un bec de gaz avec verre et abat-jour, pour les réunions de nuit, bien entendu.

« Enfin, simplifier le langage rituelique et supprimer
tout ce qui n'est pas absolument nécessaire pour assurer
le respect du temple, le secret des délibérations et l'ordre
des travaux. Mais ne pas sacrifier l'hygiène et la santé des
Francs-Maçons à des coutumes que rien ne justifie. (*Applaudissements.*) »

Le F∴ M∴ dit qu'il lui semble bien difficile de discuter
cette motion en Congrès, plusieurs délégués ne connaissant
pas tous les rites.

Le Fr∴ Courbier présente les conclusions adoptées par
la Loge de Bourges, laquelle ayant examiné la question, a
décidé de demander son renvoi au Grand Collège des Rites,
que cette question concerne spécialement.

Le Fr∴ D∴, délégué de Châteauroux, appuie le renvoi
au nom de *La Gauloise.*

Le Fr∴ Massé ne conteste pas que les cérémonies ritueliques encore aujourd'hui sont beaucoup exagérées et qu'il
y aurait lieu d'y apporter des modifications, mais il n'est
pas cependant partisan de supprimer aussi radicalement que
le demande la Loge de Châteauroux, les rites et coutumes
encore en usage dans nos Loges. Il ne faudrait pas,
dit-il, tomber dans l'excès contraire et rompre tout lien
entre la Franc-Maçonnerie actuelle et la Franc-Maçonnerie
passée qui a institué ces rites et ces signes distinctifs. Il
rappelle l'idée qu'ont eue nos FF∴ d'avant la Révolution
en décidant que dans les Loges tous les Francs-Maçons
auraient le droit de porter l'épée, signe distinctif de la
noblesse. Aujourd'hui, ajoute le F∴ Massé, l'épée a presque disparu de nos Loges, si ce n'est pour les initiations,
et il serait à souhaiter que les Loges qui s'en servent encore, cessent ces pratiques qui enlèvent le sérieux qui doit
présider aux initiations.

Le F∴ Massé verrait disparaître avec peine les cordons
distinctifs qui barrent la poitrine des Francs-Maçons.

Nos FF∴ qui instituèrent la Franc-Maçonnerie en
France, dit-il, désireux de donner à tous leurs adeptes, le
signe symbolique de l'égalité la plus parfaite, adoptèrent le
grand cordon bleu de St-Louis, destiné alors aux seuls
amis du pouvoir, et les Francs-Maçons les adoptèrent en
signe d'affranchissement et de l'égalité des classes.

Je regretterais, pour ma part, ajoute le F∴ Massé, de
voir disparaître, en adoptant les modifications proposées
par l'At∴ de Châteauroux, les liens qui rattachent la Franc-
maçonnerie actuelle à la Franc-Maçonnerie passée et c'est

pourquoi je propose de renvoyer ce projet de modification au Grand Collège des Rites, conformément à la demande du F∴ Courbier.

Le F∴ D∴, délégué de Châteauroux, insiste pour que le Congrès émette un avis favorable.

Le F∴ Massé rappelle que le rituel en ce qui concerne les initiations a été modifié de façon à donner satisfactions aux plus irréductibles ennemis de la forme ; mais en ce qui concerne les glaives et les cordons, il conclut au maintien du *statu quo* en raison même des causes qui les avaient fait adopter par les vieux Maçons qui ont fondé le Grand Orient de France.

Après conclusions de l'Orateur, le renvoi de la question au Grand Collège des Rites est voté à la majorité avec avis favorable.

Les trav. . continuent sous la présidence du F∴ Massé.

L'Assemblée passe à l'examen des modifications, à la Constitution maçonnique portés à l'ordre du jour.

La F∴ L∴ de la Loge *Les Enfants de Gergovie*, signale l'inefficacité des démarches des Loges de province près du Conseil de l'Ordre. Il affirme que dans la plupart des demandes, le Grand-Orient ne répond pas, ou répond par un *non-possumus*.

Dans l'armée, les officiers francs-maçons sont mis en quarantaine; dans l'enseignement et dans certaines administrations civiles, ils sont mis à l'index, et ces Maçons ne trouvent aucun appui auprès du Grand-Orient. Il donne un exemple, le cas du F∴ D∴ de Clermont. déplacé à la suite d'un article de journal, sans avoir été appelé à se défendre.

Le F∴ L∴ donne lecture de la proposition de sa Loge ainsi libellée :

CONSEIL DE L'ORDRE : ART∴ 28

L'organisation un peu surannée du Conseil de l'Ordre ne répond plus aux nécessités du temps présent. Composé de membres qui, ou habitant la province ou astreints à des occupations prof∴ absorbantes, souvent même pourvus de fonctions multiples qui, à elles seules, suffiraient à les occuper plus de 24 heures par jour, ils ne peuvent intervenir utilement et à temps. Son action est absolument nulle.

Les propositions formulées par les LL∴ fussent-elles adoptées par l'unanimité des at∴ restent lettre morte.

Le Conseil de l'Ordre, transformé en bureau d'enregistrement, se contente de prendre note... d'une façon toute spéciale, et tout est dit. Tel a été le résultat obtenu par les vœux concernant la suppression du Prytanée militaire, des écoles militaires préparatoires, des Maisons d'éducation de la Légion d'honneur, la réforme des Conseils de guerre, de la magistrature, par la revision du droit de punir, etc., etc., qui quoique adoptés par l'unanimité des LL.·. restent à l'état de vœux

C'est cette inactivité qui a fait dire que l'action des LL.·. se traduisait en parlotes.

Les intérêts particuliers des FF.·. de province ne sont pas mieux défendus que l'action générale de la Maç.·.

Pendant que les cléricaux et réactionnaires appartenant aux administrations publiques, à l'armée, à la magistrature, très activement, très énergiquement appuyés par la Congrégation qui tout en récompensant les services rendus tient à affirmer sa toute puissance, obtiennent toutes les satisfactions, toutes les faveurs, tous les avancements, les fonctionnaires et officiers républicains et F.·. M.·. insuffisamment, aucunement même soutenus par le Conseil de l'Ordre, vainement sollicité en leur faveur, sacrifiés, lésés dans leurs intérêts, ne recueillent que dédain et mépris.

Cette impuissance ou cette indifférence opposées à la puissante et énergique activité que déploie la Congrégation ne peut que favoriser l'œuvre d'asservissement qu'elle a entreprise et lui amener des partisans de plus en plus nombreux, de plus en plus dévoués.

Récemment, un professeur à l'École Normale, le F.·. D.·. vén.·. de l'At.·., conseiller municipal de Clermont, était brutalement déplacé et envoyé à Perpignan sans avoir été appelé à se justifier, à expliquer sa conduite, n'ayant connu la mesure prise contre lui que par la remise de sa lettre de service, il s'est vu ainsi privé des garanties accordées aux pires criminels toujours entendus dans leurs moyens de défense.

Il semble qu'en cette circonstance, le Conseil de l'Ordre eût dû intervenir — la Congrégation n'y aurait pas manqué — pour atténuer les rigueurs exercées contre un Vén.·. qui se trouve subir une réduction de traitement assez importante.

Dans l'armée il en est ainsi. Les promotions d'Octobre et de Janvier derniers, les propositions pour l'avancement, scandaleusement cléricales et réactionnaires, les faveurs dont continuent à jouir les officiers anti-républicains, les postes de choix dont ils sont pourvus, tout tend à démontrer que le service de l'église romaine est, dans l'armée républicaine, plus avantageux que celui de la République.

Et cette constatation que tous peuvent faire, sauf peut-être quelques hommes trop élevés, ne peut que contribuer à augmenter le nombre des officiers et fonctionnaires cléricaux et à accroître l'influence de la Congrégation sur les populations qui ne savent plus de quel côté est orienté le Gouvernement.

On ne peut arguer du mauvais vouloir de certains ministres, républicains dans leurs discours, cléricaux et réactionnaires dans leurs procédés, leurs actes, car justement il appartiendrait aux représentants de la Maç∴ d'agir pour obtenir des remaniements qui feraient cesser ces trahisons.

Le Conseil de l'Ordre, tel qu'il est constitué, ne répond plus aux nécessités, aux exigences de la lutte soutenue contre la Congrégation toujours et plus que jamais toute puissante.

Il en serait tout autrement s'il était constitué en une sorte de Comité exécutif ou si, conservé pour la satisfaction de quelques amours-propres ou pour récompenser des services rendus, il était créé un Comité exécutif composé de membres permanents et rétribués, élus pour un an seulement, mais rééligibles, par les Assemblées régionales des LL∴, à raison de 2 ou 3 ou 4 délégués par fédération régionale.

Moins nombreux, mais toujours présents à Paris, prêts à intervenir auprès des Pouvoirs publics, soit en agissant directement, soit avec le concours des sénateurs et députés républicains qui, en échange de leurs bons offices, seraient assurés de l'appui des Maç∴ de la région, ces délégués rendraient de réels et très sérieux services.

Les propositions adoptées par les At∴ ne resteraient pas constamment à l'état des projets, et les FF∴ de province qui, comme ceux de Paris, ne peuvent recourir à l'action de leur L∴, mieux soutenus, plus énergiquement appuyés, obtiendraient les satisfactions, les récompenses auxquelles ils ont droit, le tout pour le plus grand prestige de la Maç∴.

En conséquence, l'art∴ 28 est ainsi modifié :

« Le Conseil de l'Ordre est composé de membres élus par les fédérations régionales des LL∴, à raison de 2, 3 ou 4 délégués, suivant le nombre des Maç∴ faisant partie de la fédération.

« Ces membres sont élus pour un an, mais rééligibles après avoir rendu compte de leur mandat à l'Assemblée régionale qui les a élus.

« Ils sont rétribués et doivent se tenir en permanence à la disposition des LL∴ de leur fédération ; ils ne peuvent s'absenter de Paris que par tiers. »

Après avoir adopté à l'unanimité, pour les faits exposés ci-dessus, un ordre du jour de protestation, l'At∴ décide que cet ordre du jour et les considérations qui l'ont fait adopter seront portés à la connaissance de toutes les LL∴ et soumis au Congrès des LL∴ du Centre et au Convent de 1904.

Le F∴ B∴, du *Réveil Anicien*, appuie avec la plus grande énergie cette proposition.

Le F∴ M∴ de Montluçon, parle dans le même sens et dit…

que la rétribution fera une obligation aux membres de ce Comité de travailler efficacement et de s'intéresser aux demandes des Loges de province.

Le F∴ Courbier :

La question n'est pas nouvelle, depuis dix ans elle a été discutée dans tous les Congrès et dans les Convents. Voilà dix ans qu'elle reparaît à chaque instant sous des formes diverses.

Je crois que le côté financier de la question serait désastreux à un double point de vue : d'abord toutes les ressources des Loges y passeraient. Puis l'effet moral serait déplorable ; les délégués, considérés comme des salariés, n'auraient aucune autorité, ne jouiraient d'aucune influence auprès des pouvoirs publics.

Le F∴ L∴ de Clermont :

Une confusion est née de mes observations.

Nous ne voulons pas diminuer l'influence du pouvoir central ; au contraire, c'est pour le renforcer que nous vous soumettons cette proposition, car nos délégués, libres de tout commerce profane, assurés de vivre honorablement à Paris, nous soutiendraient d'une main bien plus ferme et d'un esprit beaucoup plus résolu que les membres actuels du Conseil de l'Ordre, absorbés souvent par des occupations étrangères à la Franc-Maçonnerie.

Je suis heureux de saisir l'occasion qui m'est offerte, de rendre à notre F∴ Massé un hommage sincère pour le dévouement infatigable dont il fait preuve quotidiennement à l'égard de tous les Maçons. (*Applaudissements.*)

On nous objecte le mode de recrutement et la question de rétribution ; mais le pouvoir des députés est-il moins grand parce qu'il est issu du suffrage universel et populaire et parce que les élus sont rétribués ? Evidemment, il faudra choisir, pour nous représenter, des hommes de valeur ; et la question de rétribution est tout à fait démocratique, sinon, pour être candidat à une fonction quelconque, il faudrait être millionnaire.

Les délégués ainsi nommés et rétribués, je le répète, auraient enfin le temps de s'occuper de nous.

Le F∴ Massé :

Comme Membre du Conseil de l'Ordre, vous me permettrez bien de dire quelques mots sur cette question :

Elle a été, à diverses reprises et sous diverses formes, formulée dans nos assemblées. A chaque Convent, elle a été repoussée dès le principe ; même la proposition du F∴ Sever, pourtant plus modeste.

Les Convents successifs ont pensé qu'en procédant ainsi, on en arriverait forcément à diviser le Grand Orient.

.Ce que l'on vous propose, en somme, c'est de créer plusieurs obédiences ; il y en a déjà trop. La Franc-Maçonnerie, quelle que soit son autorité, son influence, se heurte souvent, elle aussi, à de mauvais vouloirs, à des difficultés insurmontables parfois, dans les bureaux des ministères, notamment.

Mon devoir est de protester bien haut contre les accusations portées contre le Conseil de l Ordre. En toutes circonstances, il a toujours fait son devoir ; toujours il a fait les démarches qui lui paraissaient nécessaires pour arriver à un résultat favorable et s'il n'a pas toujours obtenu satisfaction, c'est que la Franc-Maçonnerie ne tient pas complètement le Gouvernement dans sa main, comme on le croit à tort.

Je me porte garant de tous les Membres du Conseil de l'Ordre et si nous subissons des échecs, si nos démarches ne sont pas toujours couronnées de succès, la faute n'en est ni au Conseil de l'Ordre, ni à la Franc-Maçonnerie en général.

Je n'insiste pas sur les multiples inconvénients que présente le système préconisé par notre excellent F∴ L∴, et je demande au Congrès de passer à l'ordre du jour et de ne pas nous éterniser sur cette question.

Le Président met aux voix la proposition de la Loge *Les Enfants de Gergovie*, qui vient d'être discutée. Elle est rejetée à l'unanimité moins trois voix.

Le Président fait connaître la constitution du bureau de la Commission des questions militaires. Sont élus :

Président, le F∴ R∴, de la Loge *Les Philanthropes Arvernes*. Rapporteur, le F∴ L∴, de la Loge *Les Enfants de Gergovie*.

Lecture est donnée des adresses de félicitations et des lettres de remerciements votées à la séance précédente et le texte en est approuvé à l'unanimité.

L'ordre du jour appelle la discussion de la proposition de la Loge *Les Enfants de Gergovie*, de Clermont, tendant à supprimer pour le délégué suppléant au Convent la condition de posséder deux années de maîtrise et à donner au délégué titulaire la possibilité de céder momentanément sa place au suppléant.

Le F∴ L∴, au nom de son At∴, développe longuement cette proposition dont il montre certains avantages. Il résume ainsi la question :

L'obligation de posséder deux années de maîtrise imposée aux délégués au Convent, restreint considérablement le choix des At∴ déjà très réduit par les professions, les emplois exercés par certains FF∴ qui ne peuvent s'absenter au moment du Convent.

Cette obligation peut parfois présenter de réels inconvénients et nuire à la clarté et à la rapidité des débats.

En effet, certains FF∴, auteurs ou rapporteur de questions étudiées par l'At∴, ne seront pas admis à les défendre Il peut même arriver que parfois deux questions importantes, d'ordre différent, auront été traitées ; celui ou ceux qui les auront rapportées ne pourront être délégués s'ils n'ont ces deux années de maîtrise, et encore un seul sera admis à les défendre.

Cependant, nul n'est universel, tel qui défendra avec talent une question syndicale ou une proposition concernant l'organisation de l'armée, sera très embarrassé à traiter de la réforme de la magistrature.

Il ne faut pas oublier que, d'une façon générale, les Maçons ne sont pas millionnaires, que, par suite, ils doivent travailler pour assurer leur existence, et n'ont pas toujours le temps pour étudier à fond, de façon à pouvoir répondre à des arguments... à côté, les questions qu'ils seront appelés à défendre.

C'est peut être à cette cause que certaines questions très importantes, telle la question militaire, d'une importance capitale dans les circonstances présentes, n'ont été traitées que très insuffisamment, très superficiellement ; en fait de grandes réformes militaires, il n'a guère été parlé que des ordonnances.

Et cependant, à l'heure actuelle, toutes les questions, toutes les réformes sont liées à la question et aux réformes militaires.

Les questions militaires peuvent avoir et ont, dans les conditions actuelles, une importance capitale : la nécessité de les voir traiter, non pas seulement par des militaires, mais par des militaires qui les ont étudiées, pratiquées, est incontestable.

Il en est de même des questions ouvrières, syndicales, tous les ouvriers, tous les membres d'un syndicat, ne seront pas, *ipso facto*, capables de les traiter.

La clarté, la rapidité même des discussions, gagneraient inévitablement, si les questions y étaient traitées, développées par leurs auteurs.

Ce résultat peut être obtenu sans supprimer l'obligation de posséder les deux années de maîtrise pour le délégué, en décidant simplement que les suppléants n'y seront pas astreints.

Dans ces connitions, le délégué suppléant ayant traité une question venant en discussion, remplacerait le délégué pendant la ou les séances qui prendraient cette discussion.

La question de frais se pose, mais elle peut être facilement réglée, sans entraîner de très grandes charges.

En conséquence, ajouter à l'art.·. 23 :

Les délégués suppléants devront être choisis parmi les membres actifs de la L.·., du gr.·. de M.·., mais sans condition d'ancienneté de maîtrise.

Le F.·. L.·. ajoute que certains FF.·. n'ont pas toujours le moyen de payer les droits afférents à la maîtrise et que, par ce fait, ils sont toujours inéligibles aux fonctions de délégués. Cela prive quelquefois le Convent d'intelligences et de comp·tences toujours utiles.

L'obligation de posséder deux années de Maîtrise limite le choix des LL.·. dont les membres étant généralement des travailleurs, ne peuvent par suite faire d'aussi longues absences.

Des inconvénients graves peuvent se produire. Les FF.·. qui .auront étudié une question, rapporté une proposition, ne pourront aller la soutenir au Convent parce qu'ils ne possèdent pas les deux années de maîtrise.

Malgré la bonne volonté du délégué, il arrivera souvent qu'il se montrera insuffisant.

C'est à cette cause qu'il faut sans doute attribuer la faiblesse des débats soutenus au Convent.

La question militaire, pour ne citer que celle-là, cependant si importante à la veille du vote de la loi de deux ans, de la réorganisation qui doit suivre l'adoption de cette loi, des dangers que fait courir à la République une hostilité journellement affirmée des cadres, n'a paru que sous la forme quelque peu insignifiante... des ordonnances.

Et encore les arguments en faveur d'une suppression des ordonnances, avec une indemnité de service pour les officiers, n'ont-ils pas tous été donnés.

L'At.·. a pensé que, sans modifier la condition des deux années de maîtrise imposé au délégué, il serait possible de supprimer cette obligation pour le suppléant.

Dans ces conditions, le suppléant ayant traité une question soumise aux délibérations du Convent, pourrait être admis durant les séances où serait discutée cette question, le délégué se retirant et lui cédant momentanément la place.

Le F.·. Massé :

Laissez-moi vous présenter quelques objections qui me paraissent de nature à faire écarter votre proposition. Il me semble, en effet, difficile de l'accepter, voici pourquoi :

Il y a d'abord les difficultés budgétaires, puis l'insuffisance des locaux, car en admettant votre théorie, il faudrait doubler les indemnités payées par le Grand-Orient aux délégués et doubler les dimensions de la salle du Convent pour y loger d'abord le double de délégués et ensuite un plus grand nombre de visiteurs, puisque les travaux seraient ouverts au grade d'apprenti

Votre proposition se compose de deux parties : la question de suppression de deux années de maîtrise pour être délégué suppléant et la question de remplacement possible à la tribune du Convent, du délégué titulaire par son suppléant.

En ce qui concerne la première partie de la proposition, la question touche à l'organisation même de la Franc-Maçonnerie. Il est en effet évident que si l'on accorde la possibilité pour le délégué suppléant d'être nommé avant d'avoir deux années de maîtrise, il n'y a aucune raison pour exiger cette condition pour le délégué titulaire. Si l'on admet la solution pour l'un, il faut l'admettre pour l'autre.

J'aurais compris, sans en être partisan, une proposition faite dans ce sens, mais, proposer cette mesure pour le délégué suppléant seul sans en faire bénéficier le délégué titulaire, c'est créer une inégalité flagrante, qu'il est impossible d'approuver.

En ce qui concerne la deuxième partie de votre proposition, je ne crois pas que nous puissions la prendre en considération. Le délégué suppléant ne se déplace qu'autant que le délégué titulaire est dans l'impossibilité de le faire.

Si vous admettez que les deux délégués puissent se déplacer ensemble, il faudra que les Loges indemnisent leurs délégués suppléants que le Grand-Orient ne pourra indemniser. Or, c'est créer de nouveau une inégalité entre les Loges représentées au Convent, qui toutes ne pourront pas faire face à ces dépenses supplémentaires.

Admettons que votre proposition soit adoptée et qu'au Convent les délégués suppléants prennent la parole après les titulaires, les débats dureront un mois.

Et puis voyez-vous un délégué titulaire qui ne serait pas d'accord avec son suppléant, ce serait l'anarchie au Convent.

Je propose à l'Assemblée de passer à l'ordre du jour.

Le F∴ L∴ — J'insiste pour l'acceptation de la proposition. La question budgétaire ne peut intéresser le Grand-Orient, les Loges indemniseront leurs délégués suppléants quand elles en enverront au Convent.

Le F∴ D∴ de Châteauroux :

Je suis de l'avis du F∴ Massé, il y a déjà beaucoup trop d'orat-urs au ' onvent, il est inutile d'y en ajouter d'autres. Cela est d'autant moins nécessaire, que toutes les questions discutées, ont été étudiées dans les Loges et dans les Congrès. Les délégués ont leur opinion faite et ce n'est pas un discours de plus qui changera leur vote.

La proposition du F∴ Massé, de passer à l'ordre du jour, est mise aux voix et votée à la majorité.

L'ordre du jpur appelle la discussion du vœu de la Loge le *Réveil Anicien*, du Puy, sur l'épuration et le recrutement des fonctionnaires publics.

Le F∴ Courbier, donne lecture du vœu ainsi conçu :

« *Vœu sur l'épuration et le recrutement des fonctionnaires publics, présenté au Congrès Maçonnique de Bourges, par la Loge le* Réveil Anicien, *(voté à la séance du 2 mars 1904.)*

« Vu le rapport du F∴ ***, ouï les conclusions du rapporteur de la Commission permanente des affaires politiques, l'Atelier décide à l'unanimité des membres présents, de soumettre à l'examen du Congrès de Bourges, les considérants et les vœux suivants :

« 1° Considérant que dans un Etat quelconque, mais surtout dans notre République, il imp rte d'avoir des fonctionnaires dévoués à nos institutions, pour assurer l'ordre et le fonctionnement des services publics.

« 2° Considérant, d'autre part, que les pires ennemis du Gouvernemennt de la République se sont glissés et se glissent toujours dans ces services pour en entraver le bon fonctionnement.

« 3° Considérant, comme preuve à l'appui de nos dires, qu'une directrice de lycée peut qualifier dans un rapport administratif, le parti républicain de « *parti peu recommandable* ».

« 4° Considérant qu'en février 1904, un professeur d'histoire, réactionnaire et clérical, sorte de jésuite en robe courte, qui naguère traitait dans son lycée les hommes de la Révolution, de voleurs et de bandits, vient d'être nommé Inspecteur d'Académie.

« 5° Considérant que de tels hommes sont un danger permanent pour les institutions démocratiques de notre pays et aussi pour les républicains placés sous leurs ordres.

« Les membres de la Loge du Puy (Haute-Loire) émettent les vœux :

« 1° Qu'il soit enfin procédé d'urgence et sans retard à l'épuration des fonctionnaires de la République en général, mais à commencer surtout par le personnel des divers rouages administratifs, savoir : les fonctionaires des très réactionnaires bureaux des ministères et les chefs des administrations départementales.

« 2° Que désormais, pour admettre un candidat à une fonction publique, surtout à une fonction judiciaire, il soit au préalable fait une enquête sur le caractère, la valeur morale et le *credo politique* du postulant avant tout examen des titres de celui-ci, estimant en effet, que les grades et les titres courent les rues, tandis que plus rares sont les hommes au caractère loyal et franc, les hommes bons et fermes, intelligents et sincèrement républicains.

« 3° Que si les membres du Congrès de Bourges pensent devoir se rallier à ces vœux, ils fassent immédiatement le nécessaire pour leur donner la suite qu'ils comportent. »

Le F.·. B.·., délégué, développe la proposition.

Personne ne songera à contester, dit le délégué, le nombre considérable de fonctionnaires réactionnaires dont sont encombrées les Administrations de la République. Celle-ci est desservie, bafouée, trahie par ceux qui devraient être chargés de la défendre et de la respecter. Il demande, avec la L.·. le *Réveil Anicien*, l'épuration sérieuse du personnel clérical des divers ministères et des Administrations départementales.

En ce qui concerne le 2ᵐᵉ §, le F.·. B.·. demande qu'une enquête préalable à la nomination des fonctionnaires soit faite sur le compte de ceux-ci. Pour que cette enquête ait un réel résultat, il ne faut pas qu'elle soit confiée à des enquêteurs réactionnaires, trop intéressés à déguiser les véritables conclusions de leur enquête.

Le F.·. B.·., demande de même que tout fonctionnaire, qui se sera rendu coupable d'actes contraires au dévouement qu'il doit au gouvernement de la République, soit l'objet d'une enquête faite non par ceux qui ont intérêt à le couvrir, comme cela est susceptible de so produire aujourd'hui, mais par un délégué du Ministère intéressé et sur l'impartialité républicaine duquel on doit pouvoir compter.

Et le F.·. B.·., conclue en donnant lecture d'un 3ᵐᵉ §

ainsi conçu, qu'il demande à ajouter aux deux autres déjà présentés par le *Réveil Anicien* :

« 3° Que dorénavant, le gouvernement n'hésite plus à remettre dans le rang. les fonctionnaires convaincus d'hostilité au régime républicain et démocratique ».

Le F∴ Massé est de tout point d'accord avec le F∴ B∴ pour reconnaître combien le personnel des Administrations publiques a besoin d'être épuré et combien sont urgentes les mesures à prendre afin d'assurer le recrutement de fonctionnaires républicains,

L'orateur du Congrès se déclare partisan des vœux émis par la Loge du Puy et demande qu'en attendant l'épuration du personnel des administrations publiques, le gouvernement soutienne un peu plus fermement les fonctionnaires connus comme sincèrement républicains.

Le F∴ G∴, de la Loge de Bourges, réclame la suppression du surnumérariat qui empêche les enfants du peuple d'entrer dans certaines administrations, il considère le surnumérariat comme une mesure antidémocratique.

Les applaudissements qui soulignent cette déclaration prouvent que les membres du Congrès sont en communion d'idées avec le F∴ G∴

Le F∴ Massé :

Le F∴ qui vient de parler a parfaitement raison ; nous devons faire tous nos efforts pour supprimer le surnumérariat et pour que les situations de début soient rétribuées afin de permettre l'accès des fonctions publiques aux enfants du peuple. (*Applaudissements.*)

Les vœux de la Loge *Le Réveil anicien*, augmentés de la proposition des FF∴ G∴ et B∴, sont votés par acclamation.

Le F∴ T∴, au nom de la Loge *Les Enfants de Gergovie*, de Clermont, présente un rapport très détaillé sur l'amélioration apportée aux services postaux ; ce rapport est ainsi conçu :

Considérant que les tarifs postaux, trop élevés, sont une entrave apportée au commerce et à l'industrie et nuisent à la propagande des Loges, Ligues et autres Associations républicaines qui n'ont d'autres ressources que les cotisations de leurs membres souvent peu fortunés ;

Attendu qu'ainsi que l'expérience l'a démontré, l'abaissement des tarifs, loin de provoquer une diminution des recettes postales. produit le plus souvent une augmentation de ces recettes. Que même si, au début, une diminution devait se produire, elle se trouverait largement compensée par l'augmentation des recettes réalisées sur d'autres chapitres du budget par suite de l'extension du commerce et de certaines industries, telles que celles du papier, de l'imprimerie, etc., etc ;

Qu'ainsi, l'abaissement des tarifs postaux peut, en assurant l'existence d'un plus grand nombre de travailleurs, contribuer à augmenter les recettes directes et indirectes de l'Etat et à diminuer les charges de l'Assistance publique;

Attendu qu'après l'élévation des tarifs, la plus grande entrave provient du poids trop restreint attribué par les tarifs actuels, aux lettres, imprimés, etc., etc.

Qu'il n'est pas juste de doubler le prix de transport d'une lettre ou d'imprimés, parce que le poids a été dépassé de quelques grammes, puisque cette augmentation ne double ni le travail, ni les peines, ni les dérangements des employés du Service des Postes ;

Emet le vœu :

1° Qu'en attendant l'abaissement à dix et même à cinq centimes du tarif de transports des lettres ordinaires, les poids attribués à ces lettres soient ainsi modifiés :

Quinze centimes par 50 grammes.

Au-delà et en supplément, cinq centimes par 50 gram. ou fraction de 50 gram.

Ainsi une lettre pesant

50 gr. et au dessous, se trouverait taxée à 0,15
de 50 à 100 grammes   —   0 20
de 100 à 150 grammes   —   0 25, etc.

2° Que le poids des imprimés se trouve ainsi modifié :

Sous bande, 0 01 par 25 grammes ou fraction de 25 grammes.

Sous enveloppe ouverte, 0,05 pour 50 grammes ; au-delà et en supplément, 0 05 par 100 grammes ou fraction de 100 gr., soit 0,10 pour 150 grammes, 0,15 pour 250 grammes, etc., etc.

L'augmentation du poids des lettres contribuerait à accroître les ressources de l'Etat sans augmenter le travail des employés. Quantités de papiers d'affaires qui, aujourd'hui, en raison de l'élévation des tarifs, sont transportés sous enveloppe ouverte à 0,05, le seraient sous enveloppe fermée à 15 ou 20 centimes.

Il en serait de même pour les imprimés, livres, que l'on préfère envoyer par colis-postal ou commissionnaire.

Considérant que, par suite de l'insuffisance numérique du personnel, le Service des Postes fonctionne d'une façon déplorable ;

Que quantités de localités importantes sont encore dépourvues de bureaux de postes ;

Que même quantité de hameaux n'ont pas de boîtes aux lettres, ce qui astreint les habitants à faire 5 à 6 et même 8 kil. pour mettre une lettre à la poste ;

Que dans les villes, le nombre des levées et des distributions est absolument insuffisant et ne correspond plus avec les moyens de communication qui, souvent, restent inutilisés ;

Que ces difficultés nuisent au développement des affaires et sont une entrave apportée aux relations entre les citoyens.

Considérant que la France est, à ce point de vue, très inférieure aux autres nations, que notamment l'Allemagne entretient deux fois plus de bureaux de poste qu'elle ;

Que le service imposé aux employés et agents et particulièrement aux facteurs, trop chargé, devient un véritable surmenage, certains de ces derniers ayant, pour des salaires dérisoires, des parcours quotidiens considérables à exécuter. dans le Puy-de-Dôme, ainsi que cela a été démontré à la Chambre, ces parcours atteignent parfois 50 et même 60 kilomètres.

Considérant que, d'autre part, l'Etat, par la fermeture de manufactures, usines, etc. ; par la suppression d'emplois se trouve obligé de payer des indemnités de cessation de travail, de servir des pensions proportionnelles aux agents et ouvriers privés de leur travail ;

Que malgré ces charges que s'impose l'Etat, de nombreux travailleurs se trouvent ainsi privés de leur gagne-pain et exposés, avec leur famille, à la misère ;

Qu'il serait d'une sage prévoyance et de bonne économie de répartir, dans les services insuffisamment dotés en personnel, les excédents qui existent dans d'autres ;

Qu'en agissant ainsi, il serait facile de donner au Service des Postes le développement que comporte la vie moderne, sans accroître sensiblement les dépenses de l'Etat, d'ailleurs largement compensées par l'augmentation des recettes produites par les plus grandes facilités de correspondance ;

Emet le vœu :

1° Que le personnel des Postes, largement augmenté, soit mis en état de faire face aux exigences modernes, afin que :

a) Chaque localité importante soit desservié par un bureau de poste ;

b) Même pour les moins importantes, deux distributions aient lieu par jour :

c) Le nombre des départs soit mis en rapport avec les trains existants ;

d) Le parcours des facteurs soit réglé de façon qu'il ne puisse jamais dépasser, en y comprenant les écarts, 28 kilomètres par jour ;

e) Que par semaine, il soit accordé à chaque agent ou employé des postes et par roulement un jour complet de repos ;

2° Que pour faire face à ces augmentations de personnel, l'Etat profite des suppressions d'emplois qui se produiront dans les divers services publics trop largement dotés, dans l'armée, par une réorganisation des cadres trop exubérants, par la mise à pied d'ouvriers provoquée par la fermeture des manufactures, arsenaux, usines dépendant de l'Etat, etc., etc.

Considérant que les citoyens français, qui tous participent aux charges de l'Etat, doivent être admis aux mêmes avantages ;

Attendu que les Postes et Télégraphes constituent avant tout un service public ;

Qu'il n'est pas juste de faire payer, pour une dépêche, un supplément par exprès, si la localité habitée par le destinataire est dépourvue d'un bureau télégraphique ;

Que ces procédés, poussés à l'excès, ne pourraient avoir pour conséquence que de mettre hors de la collectivité nationale les citoyens qui, par les convenances de l'Administration, ont été privés de ces bureaux télégraphiques ;

Emet le vœu :

Que le supplément payé pour la transmission par exprès des dépêches télégraphiques soit supprimé, et qu'un tarif unique soit adopté pour toutes les localités de France.

Le F∴ Tr∴ demande au Congrès d'appuyer de son vote les vœux dont il vient de donner le développement.

Les vœux sont adoptés à l'unanimité et renvoyés au bienveillant examen du Sous-secrétaire d'Etat aux Postes et Télégraphes.

(La séance est suspendue pendant 10 minutes, de 3 h. 30 à 3 h. 40.)

L'ordre du jour appelle la discussion du vœu tendant à la réforme de la magistrature et en particulier la suppression de l'inamovibilité des magistrats, présenté par la Loge *Les Philanthropes Arvernes*, de Clermont (Puy-de-Dôme).

Le F∴ R∴, de cet Atelier, donne lecture de ce vœu ainsi présenté :

La L∴ *Les Philanthropes Arvernes*,

Considérant :

1º Que l'inamovibilité de la magistrature constitue une atteinte directe au principe de la souveraineté du Peuple, base et fondement de tout Gouvernement républicain et démocratique, ainsi qu'au devoir de fidélité et à la responsabilité qui incombent à tous les fonctionnaires et représentants de la puissance publique vis-à-vis de l'Etat de qui ils tiennent leur mandat et leur pouvoir ;

2º Que la délégation par l'Etat d'une partie de sa puissance à ses Agents ou Représentants, constitue un mandat public essentiellement révocable de sa nature, et soumettant le mandataire à un contrôle et à une responsabilité effective vis-à-vis de son mandant qui est l'Etat.

Que cette règle qui est générale et commune à tous les mandataires publics, devrait s'appliquer, sans distinction de classes, à tous les fonctionnaires ; qu'il ne devrait pas exister à cet égard deux poids et deux mesures, par le motif que tous les fonctionnaires sont tenus vis-à-vis de l'Etat républicain aux mêmes obligations de loyauté et de fidélité.

Mais par suite de l'inamovibilité dont ils bénéficient .aux termes de l'article 15 de la loi du 30 Août 1883, les Juges et Présidents des Cours et des Tribunaux — qui sont des fonctionnaires délégués par l'Etat pour administrer la justice en son nom — échappent néanmoins à cette règle, et que la situation intangible et anormale qui leur est conférée par le texte ci-dessus rappelé, constitue une violation manifeste des principes qui viennent d'être exposés, violation qu'il importe de faire cesser au nom de la justice et de l'égalité de la responsabilité de tous les fonctionnaires au regard de l'Etat.

3° Que d'ailleurs la défense et l'intérêt de la République, ainsi que la nécessité pour la démocratie de lutter efficacement contre les forces cléricales et réactionnaires, afin d'arriver à la réalisation des réformes et des améliorations sociales, commandent de provoquer et d'obtenir, dans le plus bref délai possible, la suppression de l'inamovibilité de la magistrature assise.

Qu'en effet le recrutement de la magistrature en général, et en particulier de la magistrature assise s'effectue d'une manière défectueuse et tout-à fait anidémocratique ; attendu que par suite du long stage de la suppléance imposé, sans rétribution (jusqu'à ces dernières années) à tous les aspirants aux fonctions de juges, ces postes ont été attribués en fait la plupart du temps à des candidats riches ou aisés, mais de capacité médiocre ou nulle, de préférence à d'autres plus intelligents, supérieurement doués au point de vue des aptitudes professionnelles, mais ne disposant pas des ressources suffisantes pour attendre la titularisation.

4° Que ce recrutement défectueux venant s'ajouter à des choix regrettables et malheureusement trop fréquents de magistrats animés d'un esprit anti démocratique, (choix dont la responsabilité, durant ces dernières années, incombe pour une large part au ministère " Méline ") a eu pour résultat d'encombrer les Cours d'Appel et les Tribunaux, de professionnels incapables et prétentieux qui n'ont d'autre valeur que celle qu'ils tiennent de leur situation de fortune ou de famille, et en outre d'une foule d'individualités nettement hostiles à nos institutions et qui ne se servent du pouvoir qu'ils tiennent de la République que pour la combattre et la discréditer, pour attaquer et trahir le Gouvernement dont ils sont les agents salariés.

Que la méconnaissance chez les magistrats de cette catégorie de leurs devoirs de loyauté et de fidélité envers le Gouvernement qui les a nommés, et que l'affirmation de leurs idées et de leurs opinions cléricales et réactionnaires sont encouragées spécialement par l'institution de l'inamovibilité qui assure à la manifestation de ces idées et de ces opinions le bénéfice scandaleux de l'impunité.

5° Que c'est ainsi qu'on a pu voir, au cours de 1902 et aussi de la présente année, de nombreux Tribunaux et plusieurs Cours d'Appel, devenus les instruments des haines cléricales et des passions réactionnaires, faire volontairement œuvre d'anarchie, en essayant par les moyens les plus variés, d'empêcher l'application aux Congréganistes et à leurs établissements de la loi du 1er Juillet 1901, au besoin en dénaturant intentionnellement, pour arriver à ce résultat, les faits soumis à leur appréciation, (ainsi que cela vient d'être constaté et proclamé récemment à la Cour de Cassation); alors cependant que le devoir strict de ces corps judiciaires était d'assurer l'exécution de cette loi, en se pénétrant de la pensée du législateur, et en s'y conformant fidèlement.

6° Que notamment plusieurs Tribunaux et Cours d'Appel ont encouragé et provoqué par leurs décisions la violation des lois et l'accomplissement des délits, soit en assurant l'impunité à ceux qui les avaient commis en brisant des scellés légalement apposés sur des établissements congréganistes, soit en déniant ou en critiquant abusivement le droit incontestable du Gouvernement de faire apposer ces scellés, soit enfin en faisant preuve d'une faiblesse excessive et dérisoire vis à-vis des auteurs d'outrages et d'actes de rébellion envers les agents chargés d'exécuter la loi dont il s'agit. Que ce faisant, ces Cours et ces Tribunaux ont mérité et obtenu les éloges et les encouragements de la presse et du parti réactionnaires, qu'ils ont semé et entretenu dans le pays une agitation séditieuse, et tenté ainsi de faire échouer l'œuvre même du législateur qu'ils avaient cependant mission d'appliquer loyalement.

Qu'en outre, tous les Tribunaux (en très grand nombre et toutes les Cours d'Appel, (à de très rares exceptions près), devant lesquels les membres des anciennes congrégations non autorisées ont été poursuivis, pour avoir continué à en faire partie, en violation formelle de la loi du 1er Juillet 1901, ont refusé systématiquement de les condamner, et les ont tous acquittés, au mépris des dispositions aussi nettes que précises non seulement de la loi du 1er Juillet 1901, mais encore de tous les textes de notre Droit qui régissent la condition et l'état du clergé, en France, depuis la Révolution jusqu'à ce jour.

Qu'il n'a pas moins fallu pour faire obstacle à cette Ligue séditieuse d'un nouveau genre, que l'intervention récente de

divers arrêts formels de la Cour de Cassation (le dernier en
date du 1er Mai courant) qui sont venus, avec l'autorité
nécessaire, rétablir la vérité et proclamer le droit tant au
point de vue de la légalité de l'apposition des scellés qu'en ce
qui concerne les poursuites exercées contre les anciens
Congréganistes.

7° Que malgré l'autorité de ces arrêts, il est plus que douteux néanmoins, que les Cours et les Tribunaux dont l'état
d'esprit s'est ainsi manifesté, se croyant assurés du bénéfice
de l'impunité, sous le couvert de l'institution de l'inamovibilité ne continuent, à l'avenir comme par le passé à abuser
de leur pouvoir, pour servir leurs intérêts réactionnaires ou
leurs passions cléricales, ainsi que cela a apparu à l'application de la loi du 1er Juillet 1901, et notamment pour créer
des obstacles et des entraves à l'accomplissement de la
mission des liquidateurs des Congrégations dissoutes, pour
aussi retarder et entraver la liquidation et la dispersion des
biens détenus par ces Congrégations, enfin d'une manière
générale, pour contrarier et empêcher autant que possible,
l'application et l'exécution de toutes les lois d'affranchissement religieux, intellectuel et social qui s'imposent à la
démocratie.

8° Qu'il y a là un état de choses abusif et scandaleux,
une situation anarchique qui ne saurait durer plus longtemps
qu'au préjudice même de la République, et que ne saurait
tolérer davantage une démocratie fondée sur la justice et la
vérité, en outre soucieuse de ses droits et décidée à rappeler
au respect de leur devoir, les agents salariés du gouvernement qui s'en écartent, au besoin à frapper et à exclure ceux
qui seraient reconnus incapables ou indignes.

Que d'une manière générale, les magistrats des Cours et
des Tribunaux, qui chargés de l'application de la loi du
1er Juillet 1901, ont jugé et statué dans les conditions ci-
dessus rapportées, ont trahi leur mandat et manqué à leurs
devoirs de fidélité et de loyauté gouvernementales qu'ils se
sont conduits en traîtres installés et assis au foyer de la
République, qu'ils ont perdu le droit d'y rester plus longtemps, qu'il convient de les en chasser comme des mandataires infidèles, et comme de mauvais serviteurs.

9° Que pour assurer efficacement la répression de ces abus,
pour en éviter le retour à l'avenir, pour rentrer dans la
vérité républicaine et démocratique et que, d'une manière
générale pour tous les motifs de droit et de fait ci-dessus
exposés, il y a lieu de rechercher et de poursuivre la
suppression de l'inamovibilité de la magistrature assise des
Cours et des Tribunaux, en conséquence d'émettre dès à
présent, le vœu que l'article 15 de la loi du 30 Août 1883
soit abrogé et remplacé par des dispositions nouvelles qui
fixeront les conditions de choix, de nomination, de déplace-

ment, d'avancement et de révocation des membres de ces compagnies judiciaires.

En conséquence,

Propose à toutes les L.˙. de France, de vouloir bien se joindre à elle pour une action commune en vue d'aboutir à la réalisation du vœu ci-dessus formulé, en provoquant un mouvement général d'opinion et en engageant une campagne active, afin d'amener le Parlement à voter à bref délai la suppression de l'inamovibilité et son remplacement par une législation nouvelle, conforme aux véritables principes démocratiques.

Le F.˙. M.˙., délégué de Limoges, appuie les conclusions présentées par le F.˙. R.˙.; il diffère toutefois sur les moyens à employer pour arriver au résultat. En acceptant les moyens indiqués par les *Philanthropes Arvernes* on frappe à la fois les mauvais et les bons magistrats. Le F.˙. M.˙. préfére-rait réduire le nombre de magistrats et faire rendre la justice par un seul magistrat responsable. Il compare les tribunaux actuels aux justices de paix où un seul magistrat rend les arrêts. En unifiant la justice, en décidant qu'un seul magistrat siégera au tribunal, vous supprimez un grand nombre de siéges, d'où économie réalisée et possibilité d'améliorer la situation pécunière des magistrats. Les juges ne sont pas en effet, dit le F.˙. M.˙., suffisamment rétri-bués et seuls les favorisés de la fortune peuvent rester pendant un assez long espace de temps à ne rien gagner ou à avoir des traitements presque dérisoires. Résultat : ces magistrats fortunés sont presque généralement foncièrement réactionnaires.

De plus, en décidant que la justice sera dorénavant rendue par un seul juge, on permet par cette mesure de fixer les responsabilités qui doivent incomber à celui-ci.

Nul n'ignore, dit le F.˙. M.˙., que certains officiers mi-nistériels sont responsables de la procédure qu'ils engagent et sont astreints à la recommencer à leurs frais s'ils se trompent. Pourquoi ne pas étendre une mesure semblable aux magistrats ? Certes, le magistrat peut se tromper invo-lontairement, mais lorsqu'il viole sciemment l'esprit de la loi, lorsque par parti-pris, par passion politique, il rend un jugement injuste et que la Cour de Cassation le déclare tel, le magistrat devrait être astreint à recommencer la procé-dure à ses frais.

La F.˙. M.˙. est persuadé que cette mesure serait effi-cace et que le magistrat devenant responsable de ses jugements, on né verrait plus une inapplication volontaire de la loi.

Le F∴ Courbier trouve parfaitement juste que le tribunal soit responsable des décisions qu'il rend, mais il lui semble que cette question sort un peu de la discussion soumise au Congrès. Cette question de responsabilité des magistrats ne se rattache qu'indirectement à la question de la suppression de l'inamovibilité de la Magistrature.

La L∴ les *Philanthropes Arvernes* avait tout d'abord conclu à la suppression pure et simple de l'inamovibilité, mais dans un deuxième rapport, le même At∴ estime qu'en attendant une réorganisation complète, il y a lieu de supprimer immédiatement l'inamovibilité du siège.

La F∴ Courbier donne lecture du rapp rt de la Loge « *Les Préjugés Vaincus* » de Guéret (Creuse) dont la teneur suit :

« La Loge *Les Philanthropes Arvernes*, de Clermont-Fer-
» ran l, propose à toutes les Loges de France de vouloir bien
» se joindre à elle pour une action commune en vue d'abou-
» tir à la réalisation du vœu qu'elle formule en provoquant
» un mouvement général d'opinion et en engageant une cam-
» pagne active afin d'amener le Parlement à voter, à bref
» délai, la suppression de l'inamovibilité de la magistrature
» assise et son remplacement par une législation nouvelle
» conforme aux véritables principes démocratiques. »

C'est pour répondre à cet appel qu'entraînée par le courant de l'opinion publique vers ce champ d'investigations, la Loge *Les Préjugés vaincus*, va tenter d'en retourner un coin.

Pour bien apprécier la question, il faut suivre l'œuvre du temps, remonter aux débuts des efforts pour l'organisation de nos institutions judiciaires, c'est-à-dire au XVI° siècle où l'histoire présente le singulier contraste d'une époque où l'esprit humain lutte et fonde à la fois, — combat et organise en même temps.

Nous nous trouvons, en plein, dans cette lutte éternelle du Clergé contre l'Autorité civile ; je dis éternelle car elle n'a jamais cessé et dure encore aussi ardente que jamais en ce temps actuel d'avalanches de véritables scandales judiciaires relatifs aux refus d'application de la loi de 1901 sur les Congrégations par trop de magistrats cléricaux couverts par le privilège de l'inamovibilité.

C'est au XVI° siècle, que l'Autorité civile, représentée par le roi, commence à sortir victorieuse de la lutte soutenue pour elle, depuis cinq siècles, par de savants *Légistes* contre les puissances religieuse et féodale.

Lutte acharnée comme le sont toutes les luttes politiques
et sociales,

Lutte terrible dans laquelle on combattait pour l'autorité
civile, pour reprendre des droits qu'on avait *usurpés* — de
la part du clergé et de la féodalité, — pour conserver des priviléges qu'on disait *acquis*.

Victorieuse de la féodalité et de Rome à qui les siècles
précédents avaient donné sur le sol français tant de droits et
de priviléges certains, la royauté pouvait substituer, en
France, l'*Unité* aux *Divisions*.

Le roi devenait le grand justicier de son royaume et réunissait sur sa tête tous les attributs du pouvoir :

Droit de Guerre
Droit d'Impôt
Droit de Justice ;

ce dernier considéré comme le plus *majestatif* des droits de
la royauté, avec droit de *révocation*, de *destitution du juge*.

Ce succès a une importance énorme au point de vue des
institutions judiciaires, car, dès ce moment, tous les sujets
dans l'Etat Français sont forcément soumis à la justice royale
(justice Civile) comme ils sont soumis à la royauté elle-
même.

Mais, bien entendu, le droit de justice est l'apanage de la
royauté et non du *roi*,

L'attribut de la *monarchie* et non du *monarque* ; et, comme
conséquence, le roi n'en peut pas disposer à titre définitif et
complet ; — il ne peut que le *déléguer* et cette délégation, en
quelques termes qu'elle soit faite, ne comprend nécessairement que l'*exercice* du droit. le domaine utile pour l'application *et non le droit* lui-même ; — autrement elle serait une
véritable *aliénation*, ce qui n'est pas, car, en France il n'y a
plus, à cette époque

Qu'un souverain   le roi,
Qu'une loi   la loi civile,
Qu'une justice   la justice civile.

et comme tout mandant, le roi surveille l'exécution du mandat qu'il a confié à ses juges et si l'un d'eux. mandataire
infidèle, refuse de rendre la justice et s'il viole la loi, il perd,
par là même, sa qualité de juge, car ne saurait conserver
l'exercice du droit de justice, celui qui n'apporte pas à son
devoir : exactitude, vigilance et *loyauté* dans l'observation
stricte de la loi.

R-prenons donc, nous M∴ français, et sans tarder, les
efforts couronnés de succès des Légistes qui luttèrent pour
la civilisation dans toutes les querelles religieuses suscitées
jadis entre Rome et la France et reprises, de nos jours, avec
la plus grande audace, par l'Eglise romaine à laquelle se

joint de la meilleure grâce, l'Eglise protestante ; ces deux Eglisent se valent et marchent bien de pair.

Dans ces querelles d'autrefois comme dans celles actuelles, il faut toujours distinguer deux choses, la forme et le fond ; — la forme qui, le plus souvent, cache le fond ; — le fond qui, en réalité, l'emporte sur la forme

A quelque époque qu'on se place, on trouve la lutte engagée en apparence sur le terrain des bénéfices ecclésiastiques, c'est la forme ;

A quelque moment qu'on s'arrête, on voit les principes de l'autorité religieuse aux prises avec les principes de l'autorité politique, c'est le fond.

Qu'était la ligue, sinon une coalition politique sous des apparences religieuses ?

Que fut la conjuration d'Amboise, sinon le dernier complot féodal sous des dehors religieux ?

Que fut la Saint-Barthélemy, sinon un massacre politique couvert de prétextes religieux ?

Quelle est cette effervescence cléricale actuelle contre l'application de la loi de 1901 sur les Congrégations, sinon un de ces détestables mouvements nationalistes en vue d'emporter et d'annihiler, si possible, de longues conquêtes démocratiques ?

C'est à la Franc Maçonnerie évidemment, de veiller en vigilante sentinelle, en s'inspirant du cri fameux de Gambetta,

Le cléricalisme, voilà l'ennemi !

Que de maux, en effet, il a causés et cause encore à la France !

C'est que la religion chrétienne, qui sait que la justice est le plus solide fondement de la durée des Etats, intervint de bonne heure dans l'administration de la justice, en France, où l'influence de l'épiscopat fut telle que ce furent les évêques à qui incomba le soin de surveiller les juges, à ce point que la juridiction ecclésiastique fut celle formellement reconnue seule compétente, par les rois de France, en matière de révocation des juges.

Ce privilége est depuis bien longtemps enlevé à l'Eglise, mais elle ne continue pas moins, au xxᵉ siècle encore, à exercer sa néfaste influence sur la Magistrature, témoin le cahier maçonnique déposé aux archives de notre Atelier sous l'étiquette : « *Les Apaches de la Justice dans le ressort de la Cour de Limoges* ». Dans ce cahier sont relevés des faits de la plus haute gravité à l'encontre de magistrats de Guéret, d'Aubusson et de la Cour de Limoges. On y trouve des articles de *La Croix* de Limoges, attaquant un magistrat scrupuleux dans l'accomplissement de ses devoirs ; on y lira les réponses à ces attaques dans toute la presse républicaine, et on verra, en somme, combien la magistrature assise susdite, obéissant aux injonctions cléricales, s'est montrée peu soucieuse de son honneur et de la loyauté qui devrait être et qui serait l'emblème de la magistrature, sans le privilège de l'*inamovibilité* qui l'aveugle.

Vous lirez ce cahier et vous conclurez que l'étiquette « Apaches » n'est pas exagérée.

L'apache parisien tue pour voler.

L'apache clérical de la justice tue moralement et ruine le libre-penseur pour obéir à l'Eglise qui le protège, et ce, à l'aide du mensonge le plus éhonté. Telle est la conséquence forcée de l'autorisation laissée à l'Eglise d'instruire et d'éduquer la jeunesse !

Elle prend l'enfant tout petit, lui façonne l'intelligence à sa guise, l'instruit en éveillant dans son cœur une haine profonde contre quiconque a reçu des principes contraires aux siens, contre tout ce qui touche à la libre-pensée, disons le mot, contre la Franc-Maçonnerie.

Pourquoi ?

Parce qu'elle sait bien que ceci tuera cela !

Ceci, c'est-à-dire les principes maçonniques qui ont pour base la Vérité et la Justice. (*Veritas omniat vincit* !).

Cela, c'est à-dire les principes de l'Eglise qui ne reposent que sur le mensonge et l'erreur, et qu'il lui faut lutter avec la dernière énergie, *unguibus et rostro*, pour retarder le plus possible le désastre final qui la menace.

Le prêtre suit donc et protège son ancien élève durant tout le cours de son existence ; — il lui cherche une femme riche et le marie ; — le soutient à chaque occasion propice pour son avancement dans sa carrière.

Mais, donnant donnant. L'Eglise procure tous ces avantages à ses anciens élèves qui encombrent la justice civile et les conseils de guerre, et, en retour, ces derniers lui doivent une obéissance complète, entière... et ils obéissent partout et toujours... l'intérêt étant le mobile des actions.

Etant donnés les changements si fréquents de ministères, ces magistrats élevés et maintenus dans le giron de l'Eglise savent qu'un jour viendra, où un ministère d'une nuance cléricale quelconque les récompensera d'avoir osé braver en face tout gouvernement en lutte avec Rome.

Actuellement donc, les *Magistrats Romains* quoique siégeant en France se disent :

La loi de 1901, sur les Congrégations est en vigueur en France, c'est vrai, mais elle est attaquée de la façon la plus violente par l'Eglise.

Si nous appliquons loyalement cette loi, comme nous devrions le faire, nous n'aurons fait que notre devoir et, partant, pas de récompense ;

Si, au contraire, nous trahissons les règles de la loyauté auxquelles semblent nous astreindre nos fonctions de magistrats, la récompense est assurée !

Au diable donc la loyauté !

Béni soit le privilége d'inamovibilité dont nous jouissons !
— Les cléricaux ne nous en ont pas gratifié pour rien !

Etant donc établi que l'*inamovibilité* de la magistrature assise, c'est-à-dire des magistrats qui *jugent* sans avoir à rendre de comptes à personne, si ce n'est à l'Eglise Apostolique et Romaine, n'a d'utilité que pour cette Eglise ennemie, jurée du peuple de France, il faut la supprimer bien vite puisqu'elle autorise les magistrats cléricaux à ne reconnaître qu'un chef... le Pape, et à n'obéir qu'à un maitre... l'Eglise.

Après avoir conclu à la suppression de l'inamovibilité de la magistrature assise pour les raisons qui précèdent, et pour celles qui avaient déjà décidé M. Crémieux à soulever cette question au sein du gouvernement de la Défense Nationale, à la séance du 5 Septembre 1870, j'aurai accompli la tâche de rapporteur que vous avez bien voulu me confier, lorsque je vous aurai exposé de quelle façon je comprends l'application du mode de révocation du magistrat assis, après son admission dans la magistrature avec des élections offrant toutes les garanties les plus sérieuses et au Peuple français au nom de qui la justice est rendue et aux élus.

Voici :

1° Les magistrats de chaque Tribunal d'arrondissement.
De chaque Cour d'appel,
De la Cour de cassation,
Seront nommés à l'élection.

2° Le ministre de la Justice présentera ses candidats.

Des concurrents pourront être présentés par les corps élus, s'ils jugent à propos de le faire.

Ces corps élus sont :
Les sénateurs,
Les députés,
Les conseillers généraux,
Les conseillers d'arrondissement.
Les conseillers municipaux,
Les magistrats consulaires,
Les conseillers prud'hommes,

3° Toutes les nominations seront faites pour neuf années consécutives.

4° Les magistrats seront rééligibles jusqu'à l'âge de 60 ans révolus.

5° Les magistrats qui composeront chaque Tribunal d'arrondissement seront élus par les membres des corps élus énumérés au n° 2 ci-dessus, et compris dans le ressort du tribunal à constituer.

Ne sera admis à l'élection que le candidat qui aura suivi les cours des Ecoles de l'Etat, et pourvu du grade de licencié en droit.

Les élus désigneront leurs président, vice-présidents et juge d'instruction.

COURS D'APPEL

6° Les conseillers de chaque Cour d'appel seront, eux aussi, élus par tous les corps élus énumérés au n° 2, ci-dessus, et compris dans tout le ressort de la cour à constituer ; à ces électeurs se joindront les présidents et juges des Tribunaux d'arrondissements, de commerce et de prud'hommes qui existeront dans le ressort de la cour à constituer.

Les élus désigneront les premier président et les présidents de chambres.

COUR DE CASSATION

7° Quand à la Cour de cassation, ses membres seront nommés par tout les magistrats assis des Cours d'appel, des Tribunaux d'arrondissement, par les magistrats consulaires et par les conseillers prud'hommes auxquels s'adjoindront :

Le Sénat,
Le Corps Législatif,
Le Conseil général de la Seine,
Les Conseillers municipaux de la Ville de Paris.

RÉVOCATION

8° Si dans le cours de l'exercice de son mandat, un magistrat prête à des critiques sérieuses, basées sur un refus d'appliquer la loi, ou sur sa mauvaise tenue ou sur une indélicatesse quelconque, il pourra être révoqué au Conseil des ministres, sur la demande du ministre de la Justice, ses autres collègues entendus.

Mais la révocation ainsi décidée ne sera définitive qu'après la confirmation de cette grave mesure par une délégation des corps élus, ci-dessus énumérés.

Cette solution donne satisfaction à tous, aussi bien à ceux qui se plaignent de l'ingérence plus longtemps intolérable de l'Eglise, qu'à ceux qui reprochent à l'Etat sa soi-disant ingérence dans les sentences de justice !

De plus, elle est logique ; en effet, le magistrat qui rend la justice au nom du Peuple français sera nommé par ce même Peuple français, son maître, à qui il aura des comptes à rendre, s'il échoit, à chaque élection, de neuf en neuf années.

En ce qui touche aux garanties données aux magistrats assis, elles sont aussi larges que possible, puisque la révocation est entourée de toutes les précautions, de tous les contrôles les plus sérieux pour ne frapper qu'à bon escient.

Enfin, elle procure à la France un avantage sérieux, car le magistrat assis dont l'intérêt est le mobile des actions, une fois dépourvu du trop fameux privilège démodé de l'inamovibilité, trouvera prudent de ne plus aller prendre son mot d'ordre à Rome pour ne plus s'inspirer que de son devoir et que du seul intérêt de la France.

L'Eglise, il est vrai, se plaindra mais elle sera seule à le faire, car elle seule tire profit de l'application de cette inamovibilité, qu'elle a eu intérêt à inventer et qu'elle a le plus grand intérêt à maintenir et à conserver au juge qu'elle a élevé, instruit, et grâce auquel elle peut tout braver.

Réjouissons-nous donc des larmes de crocodile de cet ennemie séculaire et, je le répète, dotons, enfin, nous Franc-Maçonnerie, la France d'une justice française !

Pour cela, pénétrons-nous bien de ces vérités :

1° Que l'administration de la Justice est la citadelle la plus sûre pour la garantie de la prospérité et de la durée des Etats :

2° Que c'est en voyant se dérouler le long tableau des infirmités judiciaires résultant de l'ingérence du Clergé, que le Parlement français voudra remonter à leur cause et voudra les guérir ;

3° Que les cahiers maçonniques judiciaires, dont la Loge « *Les Préjugés vaincus* », de Guéret, donne l'exemple, peuvent et doivent être considérés comme la clef de la citadelle ci-dessus, dont l'ouverture permettra d'en chasser, à tout jamais l'élément clérical ;

4° Que c'est à nous, Francs-Maçons, à compléter et à achever le résultat des premières victoires remportées par les anciens Légistes pour l'élément civil français, en bannissant de la citadelle susdite, d'une façon définitive, l'élément clérical par la suppression de l'*inamovibilité des magistrats français*.

E. lorsque ce résultat sera obtenu, grâce à la rédaction des cahiers maçonniques par toutes les Loges Françaises, la Franc-Maçonnerie pourra dire une fois de plus, avec orgueil et fierté, qu'elle a bien mérité de la Patrie française !

Plusieurs membres du Congrès demandent à présenter des observations sur ce rapport et déclarent l'approuver sous certaines réserves.

Le F∴ Courbier fait remarquer qu'il existe d'autres rapports sur la même question et qu'il serait préférable d'entrer dans la discussion seulement après la lecture de tous les documents dont le Congrès est saisi.

Cette manière de voir a l'assentiment de l'Assemblée.

Le F∴ Courbier donne lecture du rapport suivant qu'il présente sur cette question au nom de La Loge *Travail et Fraternité* de Bourges (Cher).

L'inamovibilité n'a pas été créée, comme on le croit généralement, au profit du juge, mais dans l'intérêt du justiciable. Elle assure l'indépendance du magistrat, le protége contre les solliciteurs puissants, et le met à l'abri de tout soupçon de complaisance ou de servilité envers le pouvoir. C'est pourquoi elle constitue pour les plaideurs, spécialement pour les petits, les déshérités de la fortune, la meilleure garantie d'impartialité de la part du juge.

Les « Philanthropes Arvernes » en demandent la suppression.

Ils soutiennent en premier lieu qu'elle constitue une atteinte à la souveraineté du peuple.

Pourquoi ? et comment ? Ils ne le disent pas.

C'est comme mandataire du peuple, que le Président de la République nomme des inamovibles. Les pouvoirs de ces magistrats émanent donc du peuple et sont exercés en son nom. Comment feraient-ils échec à sa souveraineté.

On peut certes, dans une monarchie, parler d'atteinte à la souveraineté du peuple, quand le chef d'Etat, roi ou empereur, délègue de sa propre autorité et parce que tel est son bon plaisir, les pouvoirs usurpés qu'il ne tient que de la force. Mais en est-il de même sous la République quand c'est le peuple qui, directement ou par des représentants régulièrement élus, délègue ses propres pouvoirs ?

Comment trouver dans sa délégation ou dans la restriction qu'il y apporte, une atteinte à ses droits souverains ? Est-il sérieux de prétendre que lorsque le peuple donne au chef de l'Etat le mandat de nommer des juges, il ne peut sans se diminuer lui-même, limiter ce mandat au droit de nomination, et doit nécessairement l'étendre au droit de révocation ?

N'est-ce pas, au contraire, en restreignant ainsi ses pouvoirs que l'on porterait l'atteinte la plus directe à sa souveraineté ?

Les « Philanthropes Arvernes » objectent également, que la délégation par le peuple d'une partie de sa puissance, constitue un mandat essentiellement révocable.

Mais en quoi ce principe est-il incompatible avec celui de l'inamovibilité ?

La nation puise dans sa souveraineté même les droits, qu'elle peut déléguer, de nomination, de révocation des fonctionnaires. En ce qui concerne certains magistrats, elle ne délègue au pouvoir exécutif que son droit de nomination.

Elle réserve le droit de révocation, et laisse à ses représentants le soin de l'exercer, quand l'intérêt social l'exige. Si donc le juge reste indépendant du pouvoir exécutif, l'inamovibilité dont il jouit ne saurait enchaîner le pouvoir législatif, dans les modifications qu'il croit devoir apporter à la composition du personnel judiciaire.

C'est ainsi qu'en 1883 une loi a suspendu l'inamovibilité et a permis de mettre à la retraite environ 700 magistrats.

Est-il nécessaire d'ajouter, que si le principe de l'inamovibilité était incompatible avec celui de la révocabilité du mandat donné par le peuple, quand il s'agit des tribunaux civils, il en serait de même quand il s'agit des magistrats des tribunaux de commerce et des conseillers de prud'hommes. Comme les juges des tribunaux civils, en effet. les magistrats élus sont indépendants du pouvoir exécutif ; comme eux, ils ne peuvent être révoqués ni déplacés pendant la durée de leurs fonctions ; comme eux, ils sont inamovibles, et, respecter les garanties dont leur mandat est entouré, c'est implicitement reconnaître le principe même de l'inamovibilité.

Laissons donc de côté les objections, plutôt spé ieuses, relatives à la souveraineté du peuple et à la révocabilité du mandat et arrivons aux critiques que l'on a formulées, au point de vue politique, contre i'inamovibilité. et qui n'atteignent, en définitive, que la magistrature actuelle et son mode de recrutement.

La loi de 1901 est loin d'avoir produit tous les effets que l'on en attendait. La plupart des congrégations enseignantes occupent encore leurs écoles et paraissent avoir trouvé, dans la magistrature, l'appui nécessaire pour résister à la loi ou plutôt pour la tourner.

Aussi accuse-t on les juges d'avoir *trahi leur mandat, et manqué a leurs devoirs de fidélité et de loyauté gouvernementales.*

Sans contester ici que bien des magistrats ont manqué de fermeté et de décision dans l'application de la loi de 1901, il convient, ce me semble, de ne pas exagérer les responsabilités qui leur incombent. L'homme ne saurait être parfait et, quand il juge, ses appréciations dépendent souvent, dans une large mesure, de l'instruction qu'il a reçue, comme aussi du milieu où il a vécu. Il a ses préjugés dont il subit involontairement, mais fatalement, les effets. Et dans les lois politiques, trop souvent incomplètes ou obscures soumises à son interprétation, il trouve facilement et de la meilleure foi du monde, l'expression de ses idées personnelles.

Il importe donc que la République ait des magistrats républicains, mais il importe aussi que nos lois. et tout spécialement nos lois politiques, soient claires, précises, et visent droit au but.

En votant la loi du 1er juillet 1901, nos représentants ont voulu atteindre l'enseignement clérical plutôt que les congrégations elles-mêmes.

Comment ont-ils procédé ?

Ont ils voté la seule mesure qui put assurer la laïcisation ?

Ont-ils donné à l'Etat le monopole de l'enseignement qui eut porté le coup de grâce aux congrégations les plus dangereuses ?

Ils ont préféré s'occuper tout à la fois des associations, des congrégations et de l'enseignement et, mêlant un peu confusément ces questions diverses, voter une loi incomplète qu'ils savaient facile à tourner.

Espéraient ils trouver dans la magistrature actuelle chargée de l'appliquer, un peu de cette énergie qui leur faisait défaut ?

Avant 1883, la magistrature assise était presqu'entièrement réactionnaire.

Par application de la loi de réforme, 700 magistrats environ furent mis à la retraite. Ils ne purent être remplacés par des républicains, puisque un nombre égal de postes étaient en même temps supprimés.

En éloignant de leurs sièges les magistrats les plus compromis, on ne put modifier les convictions politiques de ceux qui restaient.

Depuis 1883, il est vrai, bien des candidats sont entrés dans la magistrature, mais, parmi eux, combien de réactionnaires ! Comme le font très bien remarquer les *Philanthropes Arvernes*, les postes de début ne sont pas rétribués et sont ainsi, en quelque sorte, réservés à la classe riche.

Le recrutement d'une magistrature républicaine est donc aujourd'hui fort difficile, sinon impossible.

Mais pour mettre fin à cette situation anormale, point n'est besoin de supprimer l'inamovibilité, elle n'est en rien incompatible pour le magistrat, avec un dévouement absolu à la Constitution. Et les *Philanthropes Arvernes*, tout en attaquant la magistrature, dans son ensemble, n'ont-ils pas implicitement rendu hommage à la fermeté républicaine de la Cour de Cassation, composée d'inamovibles, en constatant qu'elle n'avait pas hésité à rappeler les Tribunaux et les Cours d'appel à la saine interprétation de la loi du 1er juillet 1901 ?

Les Gouvernements réactionnaires ont su recruter une magistrature qui leur était fidèle. Est-ce donc impossible aux Gouvernements républicains ?

Pourquoi la République n'aurait-elle pas, elle aussi, un personnel judiciaire absolument sûr, au point de vue politique, bien que jouissant de l'indépendance qui garantit son impartialité ? Un personnel qui, aux époques de crises politiques trouverait, au besoin, dans son inamovibilité, la force nécessaire pour résister aux entreprises cléricales et faire respecter la constitution et ses défenseurs ?

Supposons que le parti réactionnaire arrive, un jour, à surprendre la bonne foi des électeurs, et obtienne, momentanément, la majorité à la Chambre. Il s'empressera, si la magistrature est amovible, de l'encombrer de ses créatures, et de s'en servir, comme il sut le faire au 16 mai, dans l'intérêt de sa propagande.

S'il se trouve, au contraire, en présence d'une magistrature inamovible, il n'y pourra toucher tant que le Sénat, recruté par tiers tous les trois ans, n'aura pas été lui-même entraîné dans le mouvement de réaction. Et cette magistrature indépendante sera peut être le dernier rempart de la constitution menacée.

Mais comment recruter une magistrature républicaine ?

Par l'élection ?

Le magistrat, mandataire de la nation, doit-il être élu par le peuple dont il tient ses pouvoirs ?

Peut être est-ce là le système de l'avenir. Ce serait actuellement, au point de vue politique, la pire des solutions. Dans beaucoup de régions, en effet, le suffrage universel, encore mal éclairé, nommerait une magistrature réactio naire dont l'action politique entraverait, avec succès, la propagande républicaine.

Préfère-t-on le suffrage restreint, avec corps électoral composé des avocats, des avoués, des notaires...?

Mais, dans ce cas, tous les suffrages seraient acquis d'avance, aux candidats de l'opposition.

Vaut-il mieux s'arrêter au projet de la Loge de Guéret : nominations par les corps élus, sénateurs, députés, conseillers généraux, conseillers d'arrondissement, conseillers municipaux, magistrats consulaires, conseillers prud'hommes ?

Mais c'est encore livrer à l'opposition réactionnaire une fraction importante de la magistrature.

La première réforme qui s'impose, à notre avis, a été indiquée par les *Philanthropes Avernes*. Elle est relative au recrutement des juges suppléants.

Il faut que la magistrature ne reste pas plus longtemps fermée aux enfants du peuple. dont les convictions démocratiques sont, en général, plus fortes et plus sincères que celles de la bourgeoisie.

Il est donc nécessaire que les suppléants soient rétribués, dès leur entrée en fonctions, mais ce n'est pas tout ; il faut aussi que ces suppléants soient des fonctionnaires capables, et qu'ils puissent compter sur leur travail et leurs aptitudes professionnelles pour améliorer graduellement leur situation.

C'est donc par le concours que le recrutement et l'avancement doivent s'opérer dans la magistrature.

Il importe enfin, si l'on veut des juges sincèrement républicains, d'écarter du concours les candidats douteux ou réactionnaires.

Telle est, à notre avis, l'organisation qui, seule, donnera à la République une magistrature fidèle et dévouée, offrant, en même temps, aux justiciables, toutes les garanties désirables de capacité et d'indépendance, c'est-à-dire, d'impartialité.

En résumé et pour conclure, j'estime : 1° que les juges suppléants doivent être retribués dès leur entrée dans la magistrature.

2° Que s'il convient d'approuver toutes les mesures tendant

à républicaniser la magistrature, il convient aussi dans un
intérêt social et dans un intérêt politique, de maintenir l'inamovibilité de la fonction.

3° Qu'il y a lieu d'organiser par le concours, le recrutement et aussi l'avancement dans la magistrature en n'admettant à concourir que des candidats ayant donné des preuves
de leur républicanisme.

Le F∴ R∴ de la loge les *Philanthropes Avernes*, combat
énergiquement les conclusions présentées au nom de la
Loge de Bourges : Les membres du Parlement, le Président
de la République et les Ministres eux-mêmes, dit le F∴ R∴,
qui détiennent le pouvoir de par la volonté du peuple, sont
amovibles ; il est par conséquent inadmissible et inaccep-
table que ces représentants délèguent un pouvoir qu'ils
n'ont pas et nomment des fonctionnaires inamovibles
(applaudissements).

Il demande à donner lecture de deux notes complémentaires au nom de la Loge, ainsi conçues :

Le F∴ R∴ donne lecture des notes complémentaires
élaborées par son At∴ sur cette question et qui sont ainsi
rédigées.

NOTES COMPLÉMENTAIRES SUR LA NÉCESSITÉ ET L'OPPORTUNITÉ
ACTUELLES DE LA SUPPRESSION DE L'INAMOVIBILITÉ DE LA MAGIS-
TRATURE.

C'est l'article 15 de la loi du 30 Avril 1883 qui assure le
bénéfice de l'inamovibilité aux Membres des Cours et des
Tribunaux qui constituent les représentants de la magistrature dite « Assise » par opposition aux membres de la magistrature des Parquets dite « Magistrature Debout », lesquels
sont amovibles, c'est-à-dire révocables par décision du pouvoir
exécutif.

La fonction de magistrat des Cours et des Tribunaux
constitue par essence une délégation d'une partie importante
de la puissance publique octroyée par le Gouvernement.

Cette délégation de la puissance publique, en l'espèce
d'une partie du Pouvoir souverain de l'Etat, est extrêmement
grave, puisqu'elle confère à son représentant délégué à cet
effet, c'est-à-dire au Magistrat des Cours et Tribunaux, le
droit de juger, qui n'est autre que le droit de disposer de la
fortune, de l'honneur, de la liberté et de la vie de ses
concitoyens.

Il est difficile de concevoir un droit plus étendu, d'une
gravité et d'une importance aussi considérable, d'un exercice
plus dangereux, en raison des redoutables et décisives
conséquences qu'il entraîne pour ceux qui y sont soumis.

Nous vivons sous un régime démocratique et parlementaire issu de la Révolution Française, et fondé sur un principe fondamental qu'elle a expressément proclamé et sur lequel est édifié tout notre droit public moderne : à savoir le principe de la Souveraineté du Peuple qui, par ses représentants ou mandataires élus, représente l'État souverain.

Dans le Gouvernement démocratique et parlementaire qui est le nôtre, l'État légifère et imprime à tous les organismes sociaux et aux services publics, la direction gouvernementale par le moyen du Parlement, formé de deux Chambres et composé des Représentants du Peuple élus au suffrage universel. C'est ce premier organe de l'État qui constitue le pouvoir parlementaire. L'État administre ensuite et gouverne, c'est-à-dire accomplit des actes d'exécution et d'administration par le moyen du Pouvoir Exécutif qui est constitué par le Président de la République, par les Ministres et par leurs Agents qui sont les fonctionnaires, administrateurs, détenteurs et représentants à un titre quelconque de la force et de la puissance publiques et de ses innombrables services ou organisations.

Certains écrivains, et notamment le plus célèbre d'entre eux, Montesquieu, ont cru voir un troisième pouvoir, dans le pouvoir de juger qu'ils ont dénommé pouvoir judiciaire, et qu'ils semblaient considérer comme entièrement indépendant des deux autres pouvoirs, c'est-à-dire du pouvoir législatif ou parlementaire, et du pouvoir exécutif.

C'est une erreur manifeste qui constitue une violation des principes essentiels de la Révolution Française sur lesquels repose toute l'organisation de notre droit constitutionnel ; cette erreur est au surplus formellement démentie par la réalité même des faits. Il n'existe pas en fait de pouvoir indépendant, puisque ses membres sont nommés par le Pouvoir Exécutif et reçoivent de lui leur avancement professionnel dans la hiérarchie judiciaire. Il ne saurait davantage exister en droit, car une semblable indépendance constituerait une atteinte directe au principe de la Souveraineté du Peuple.

La vérité est que tous les pouvoirs publics, le pouvoir judiciaire comme le pouvoir législatif, et comme le pouvoir exécutif, ne sont pas des émanations de la souveraineté populaire.

La vérité aussi, c'est que le pouvoir judiciaire, loin d'être un pouvoir distinct et ayant son origine propre, n'est autre chose qu'une branche particulière du Pouvoir Exécutif. Spécialement, les juges qui composent nos Cours et nos Tribunaux ne sont autres que des Agents d'exécution commis par l'État pour l'exécution et l'interprétation des lois, dans tous les cas qui leur sont déférés soit par les Parquets en matière pénale, soit par les citoyens en matière civile.

En résumé, il y a cette seule différence entre les membres du Parlement et d'une manière générale entre les mandataires élus d'une part, et les Agents du Pouvoir Exécutif d'autre part, c'est que les premiers tiennent directement leur mandat du vote populaire, tandis que les seconds le tirent aussi de la même origine, mais par voie de délégation indirecte puisqu'ils sont nommés par le Président de la République et les Ministres, qui constituent une émanation directe du Parlement de qui ils sont issus ou dont ils font partie, tout en étant eux mêmes les représentants du Pouvoir Exécutif.

Qui ne voit dès lors que dans ces conditions, toute délégation, toute attribution de la puissance souveraine ou d'une partie de cette puissance de l'Etat à des Représentants élus ou à des fonctionnaires nommés par le Pouvoir Exécutif constitue par excellence un mandat public qui crée — notamment pour le fonctionnaire — entre l'Etat et lui, les relations de dépendance, de responsabilité, l'obligation de rendre compte de ses actes ou de sa gestion qui sont la caractéristique des rapports entre mandant et mandataire, qui crée enfin au profit de l'Etat le droit essentiel et inaliénable de révocation du mandat donné, dans tous les cas où cela apparaîtra nécessaire.

Il convient de faire ressortir, en effet, que le mandat constitue par principe, un contrat temporaire consenti pour une durée déterminée, et renouvelable au gré et à l'appréciation du mandant. Il est en outre essentiellement révocable par celui-ci toutes les fois qu'il le juge utile. Et tout mandat qui ne remplit pas ces deux conditions cesse d'exister ; car alors le mandataire ne dépendant plus du mandant n'agit plus en son nom et pour lui ; il cesse en réalité de le représenter et ne représente plus que lui-même ; en ce cas le mandat a pris fin, puisque le mandataire, au lieu de faire l'affaire de son mandant, ne fait plus que la sienne propre.

Par conséquent les juges étant comme les autres fonctionnaires, des mandataires publics, tenant leur pouvoir et leur mandat de l'Etat, par voie de délégation, c'est-à-dire de nomination, doivent se trouver vis-à-vis de l'Etat qui est leur mandant, dans les conditions de dépendance, de responsabilité effective de révocabilité qui caractérisent la situation de tous les autres fonctionnaires ou Agents du Pouvoir Exécutif. Il ne saurait exister à cet égard deux poids et deux mesures, et la règle doit être la même pour tous, si l'on ne veut porter atteinte d'une manière flagrante, en ce qui concerne la magistrature, au principe de la Souveraineté du Peuple, alors que pour toutes les autres catégories de fonctionnaires, ce principe reçoit pleine et entière satisfaction.

Ce sont ces considérations d'ordre général qui nous avaient fait apparaître à l'examen le vice capital dont est atteinte l'institution de la magistrature assise, dans notre pays, et qui réside dans le bénéfice abusif de l'inamovibilité qu'elle tient de l'article 15 de la Loi du 30 Avril 1883.

C'est le maintien de ce texte funeste qui avec les défectuosités manifestes d'un système de recrutement du personnel tout-à-fait suranné et antidémocratique, ont provoqué dans les rangs de la presquetotalité de la magistrature assise, cette attitude séditieuse, ces agissements réactionnaires et cléricaux destinés à faire obstacle à l'exécution ei à l'application de la Loi du 1er Juillet 1901, en ce qui a trait à la suppression des Congrégations religieuses.

C'est cet état de choses qui a amené la R.·. L.·. *Les Philanthropes Arvernes*. Or.·. de Clermont-Ferrand, à émettre, au mois de Juin 1903, un vœu motivé tendant à obtenir du Parlement, dans le plus bref délai, la suppression de l'inamovibilité de la magistrature assise. Depuis cette époque jusqu'à ce jour (Février 1904) l'état de choses ci-dessus signalé n'a fait qu'empirer ; les décisions de la très grande majorité de nos Tribunaux et de nos Cours d'Appel dénaturent intentionnellement les faits qui leur sont soumis, dans les affaires de Congrégations, et violent manifestement et sciemment la Loi sur les Congrégations qu'ils ont cependant reçu du Législateur la mission d'appliquer fidèlement et loyalement.

Le respect de la Loi c'est la probité du Juge — dit un vieil axiome du droit français — Les Juges des Cours et des Tribunaux qui ont rendu les décisions ci-dessus critiquées ont manqué à la plus élémentaire probité professionnelle ; ils ont volontairement déserté et trahi au profit de la Congrégation, les droits de l'Etat et de la Société civile qu'ils ont sacrifiés et abandonnés à cette même Congrégation, sous l'empire de leurs haines cléricales et de leurs passions réactionnaires, et au mépris de leur devoir et des dispositions formelles de la Loi dont ils ont pu arriver ainsi à empêcher scandaleusement l'application dans une très large mesure.

Grâce au bénéfice de l'impunité que leur assure l'institution de l'inamovibilité toujours debout, le scandale va s'aggravant, et le péril qui en résulte pour la démocratie va croissant chaque jour.

« *Caveant consules* ». Que nos mandataires républicains avisent ; il est temps d'y songer. C'est un mauvais spectacle pour une Démocratie que celui de l'action d'une Loi paralysée et de son œuvre annihilée par les agissements et la résistance d'une magistrature rebelle.

Il y aurait cependant moyen de mettre un terme à ces scandales et de réprimer cette anarchie judiciaire. Il suffirait d'une Loi très courte qui, en un article, rendrait au Ministre de la Justice le droit de déplacer les magistrats auxquels certains milieux ne valent rien et que quelques voyages formeraient rapidement, en un mot de supprimer non pas l'inamovibilité de la fonction mais celle de la résidence.

Il y aurait de suite moins de défaillances et de fantaisies judiciaires et beaucoup moins de mauvais Juges. L'indépendance du magistrat ne serait pas atteinte, mais son respect de la Loi et le sentiment de ses devoirs se trouveraient singulièrement fortifiés. Encore une fois la réforme est facile, elle est mûre, elle s'impose. Au Gouvernement d'action républicaine, aux Représentants de la majorité à la donner à la Démocratie qui l'attend.

Puis le F∴ R∴ présente les observations suivantes :

Observations présentées sur les propositions des LL∴. Travail et Fraternité de Bourges et Les Préjugés vaincus de Guéret, relatives au vœu de la suppression de l'inamovibilité de la magistrature assise.

1re OBSERVATION

La 1re de ces L∴ demande en outre de la suppression de l'inamovibilité de la résidence pour les magistrats, *la suspension momentanée, comme en 1883,* de l'inamovibilité de la fonction.

A cela je réponds qu'une suspension momentanée, n'est qu'une opération déterminée, un simple expédient, tandis que ce que propose notre L∴ est une réforme, c'est-à-dire une mesure — qui n'a pas un caractère temporaire — mais qui sera définitivement acquise ; qu'au surplus un expédient n'est pas un remède mais un simple palliatif insuffisant pour combattre le mal ; que cet expédient, on en a usé, lors de l'épuration de la magistrature en 1883, et qu'il est aujourd'hui reconnu qu'il a été loin de donner les résultats satisfaisants qu'on en attendait ; car de nombreux magistrats réactionnaires surent éviter alors l'épuration, en se couvrant des apparences d'un républicanisme d'emprunt, sauf à se démasquer et à laisser éclater ensuite leurs passions cléricales et réactionnaires lorsqu'ils se virent maintenus sur leurs sièges et assurés à nouveau de l'inamovibilité. — En tous cas, il importe de ne pas perdre de vue que la suspension provisoire de l'inamovibilité n'est qu'un expédient tout à fait accessoire de la réforme demandée par notre L∴ et que surtout il ne saurait avoir aucune valeur, et serait même dangereux s'il n'était accompagné de la suppression *définitive* de l'inamovibilité de la résidence.

2e OBSERVATION

La 2e de ces L∴ propose l'élection des magistrats. Notre L∴ est nettement opposée à cette solution qui n'aboutirait à rien moins qu'à créer un état de choses *anarchique* et en outre formellement contraire aux principes de la Révolution française sur lesquels est basé tout notre droit constitutionnel et public.

En effet nous considérons les magistrats comme des agents du pouvoir exécutif, et non comme des représentants d'un 3me pouvoir (le pouvoir judiciaire) qui serait l'égal des deux autres pouvoirs, les pouvoirs parlementaire et exécutif. Cette théorie est inadmissible, car elle est incompatible avec le système de Gouvernement parlementaire et démocratique qui nous régit actuellement et qui est la sauvegarde de nos libertés en même temps que la garantie de tout progrès.

Il est évident que si les juges tiennent leurs pouvoirs de l'élection, ils seront indépendants du pouvoir central exécutif et ce sera le désordre et l'incohérence ; ils seront aussi indépendants du pouvoir parlementaire puisque comme les membres du Parlement ils seront des mandataires élus ; ils ne dépendront que de leurs électeurs locaux dont ils devront subir l'influence et les intrigues pour obtenir et garder leur situation, et ne recevant plus aucune direction ni du pouvoir Parlementaire ni du pouvoir exécutif, l'action des divers tribunaux sera incohérente et anarchique. Enfin si l'on nomme à l'élection les magistrats, qui sont des fonctionnaires de l'ordre judiciaire, on ne voit pas pourquoi on ne nommerait pas de la même manière les autres fonctionnaires.

Enfin, nous proposons au congrés de décider que la question de la suppression de l'inamovib'lité devra être soumise à l'ordre du jour du convent de 1904, comme appelant une prompte solution.

La parole est au F∴ M∴, de la Loge de Limoges.

Dans le vœu qui nous est soumis, dit le Fr∴ M∴, de l'Or∴ de Limoges, deux questions bien distinctes sont posées : la question de suppression de l'inamovibilité et la question de recrutement des magistrats. Puis, le Fr∴ M∴ réfute les arguments émis dans le rapport de la L∴ *Travail et Fraternité* et s'étonne qu'après avoir constaté le mal dont souffre la magistrature, le Fr∴ auteur du rapport n'ai pas apporté de conclusions à cette constatation.

Il montre par des exemples historiques, l'impuissance du Sénat en ce qui concerne l'appui qu'il peut donner aux magistrats républicains en période de réaction. Puis passant à la proposition de suspension provisoire de l'inamovibilité des juges, le Fr∴ M∴ constate que cette mesure déjà employée en 1881, est absolument insuffisante et inefficace.

Le Fr∴ Cl∴, de Montluçon, dit que le code tout entier serait à remanier, car son peu de clarté permet l'interprétation à peu près arbitraire. Une autre partie, dit-il, est aussi intéressante que le magistrat, c'est le plaideur que l'on semble oublier. Le Fr∴ Cl∴ est d'ailleurs parfaitement partisan de voir le magistrat responsable.

Le Fr∴ Courbier constate que tout le monde est d'accord sur un point : c'est pour affirmer que la grande majorité des magistrats est entièrement hostile à la République et foncièrement réactionnaire. Il propose à l'Assemblée de voter la proposition des *Philanthropes Arvernes* et de la L∴ *Travail et Fraternité* et de décider la suppression de l'inamovibilité du siège.

Le Fr∴ B∴, du Puy, donne son avis sur le recrutement des magistrats et se déclare partisan de l'élection des juges.

Le Fr∴ Massé résume la discussion et donne son avis sur la question. Il est fort difficile, dit-il, de ne parler que de l'inamovibilité sans envisager également la question de recrutement des magistrats, les deux questions se tiennent et n'en font qu'une.

Dans le rapport dont le Fr. Courbier vient de nous donner lecture au nom de la L∴ *Travail et Fraternité*, les conclusions sont vraiment trop timorées et inacceptables. Il lui semble que le Fr∴ rapporteur ne s'est pas suffisamment soustrait à l'influence du milieu dans lequel il vit et selon l'expression imagée du F∴ Massé, le F∴ rapporteur semble ne s'être pas pas suffisamment dépouillé de sa robe pour ceindre le cordon du Franc-Maçon.

Le Fr∴ Massé montre combien est illusoire le pouvoir de protection conféré au Sénat, dans le cas où la Chambre des Députés serait en majorité acquise à la réaction. Le Sénat serait balayé et la magistrature à la merci de la réaction.

De même, l'orateur montre l'inefficacité de la suspension temporaire de l'inamovibilité. Ce moyen déjà employé en 1881 n'a donné aucun résultat.

Le Fr∴ Massé se déclare partisan de la suppression complète et cependant avec une restriction. En ce qui concerne la suppression de l'inamovibilité du siège, il en est résolument partisan mais est persuadé que cette mesure ne sera pas entièrement efficace.

Reste la suppression de l'inamovibilité du grade.

Depuis déjà longtemps, dit le F∴ Massé, j'étudiais cette question, et je m'ingéniais à trouver le moyen de sauvegarder l'indépendance du magistrat tout en le rendant justiciable des fautes qu'il commettait volontairement, et j'avoue que jusqu'à cette heure je n'avais pu trouver de solution à ce problème. Le F∴ M∴ tout à l'heure en soulevant la question de responsabilité des magistrats, a peut-être indirectement donné cette solution, et je me plais à reconnaître que c'est à lui que j'en suis redevable.

Peut-on rendre le magistrat précuniairement responsable de l'inapplication volontaire de la loi et l'obliger à recommencer à ses frais une procédure faussement conduite comme le demandait le F∴ M∴ ? Je ne crois pas que la solution soit bien avantageuse. Le magistrat manquant à son devoir sera responsable devant qui ? Devant ses supérieurs, c'est-à-dire devant d'autres magistrats imprégnés du même esprit rétrograde que lui et par conséquent portés à une indulgence extrême ; j'avoue que je n'ai pas confiance.

Mais il est un tribunal suprême, dit le F∴ Massé, à l'impartialité duquel nul ne contestera, et animé de sentiments démocratiques, qui est la Cour de Cassation et qui a pour mission de casser les jugements illégaux, cette juridiction peut être chargée de fixer les responsabilités.

Lorsque la Cour de Cassation, statuant sur les jugements rendus par un tribunal, aura jugé qu'il y avait inapplication à l'esprit de cette loi, pourquoi ne pas décider que sur deux ou plusieurs jugements du même tribunal, cassés par cette Cour, le magistrat manquant à son devoir sera dépossédé de son grade ?

On m'objectera, dit le F∴ Massé, que le tribunal étant composé de plusieurs magistrats, la Cour de Cassation ne pourra fixer les responsabilités et punir le magistrat fautif. Mais c'est alors que revient la proposition faite tout à l'heure par notre F∴ M∴, tendant à faire rendre la justice par un juge unique.

Deux considérations en faveur de ce projet ; considération de droit : c'est le seul moyen d'assurer le contrôle de la Cour de Cassation ; considération de fait : par la nomination d'un juge unique on réalise une économie qui permet de mieux rétribuer les magistrats, et qui permet ainsi le recrutement de la magistrature en dehors des candidats fortunés, c'est-à-dire de recruter des magistrats républicains.

En fait, dit le F∴ Massé déjà maintenant un seul magistrat juge ; en décidant que dorénavant légalement il en sera ainsi, on assure à la fois une vie plus lucrative aux magistrats et on fixe les responsabilités qu'ils encouront dans l'application des lois.

Si le magistrat fait œuvre de réaction en dehors du tribunal on peut le déplacer, s'il s'obstine à ne pas appliquer la loi et que la Cour de Cassation le proclame à plusieurs reprises par la cassation des jugements rendus, le magistrat sera dépossédé de son grade.

Comme conclusion, le F∴ Massé propose de voter le principe du vœu tendant à la suppression complète de l'inamovibilité de la magistrature et le recrutement de magistrats républicains.

Le vœu et les commentaires seraient adressés au prochain Couvent.

Le F∴ B∴, délégué du Puy, dit qu'on a bien discuté la question visant la suppression de l'inamovibilité de la magistrature, mais qu'on n'a pas résolu la question du recrutement des magistrat.

Le F∴ Massé se déclare non partisan de la magistrature élue. L'élection des magistrats n'est pas sans dangers, dit-il, il est à craindre qu'élu, le juge s'occupe beaucoup plus de satisfaire ses électeurs et d'assurer sa réélection, que de l'application stricte des lois; son indépendance ne sera plus qu'un vain mot et rien ne prouve que les élections nous assureront des magistrats républicains. Dans les régions réactionnaires, le gouvernement peut encore essayer en y plaçant des magistrats et des fonctionnaires républicains, d'empêcher la réaction d'opprimer les républicains élus, les juges réactionnaires seront dans ces régions libres de bafouer le gouvernement; de ne pas appliquer les lois : l'honneur et la fortune des républicains seront à la merci de magistrats réactionnaires, notoires et militants.

L'exemple du premier Consulat, n'est pas pour nous convaincre de l'efficacité de l'élection de la magistrature, ajoute le F∴ Massé. Lorsque le premier Consul fit son coup d'Etat, il trouva la plus grande complaisance parmi la magistrature de l'époque, et cependant, cette magistrature était issue du suffrage universel.

Le F∴ Courbier dit que l'on pourrait appliquer à la magistrature les mêmes conditions que celles imposées tout à l'heure dans le recrutement des fonctionnaires de la République, Il suffirait d'ajouter au paragraphe visant ce recrutement, les mots « *Administrative et Judiciaire.* »

Le F∴ Massé résumant la discussion, formule la proposition suivante. :

Le Congrès des Loges du Centre, réuni à Bourges le 9 Avril 1904, demande aux FF∴ qui se réuniront au Convent prochain, l'exprimer un vœu tendant à la suppression complète de l'inamovibilité de la magistrature et à provoquer les mesures nécessaires pour faciliter le recrutement de magistrats républicains en s'imposant des considérations présentées à ce Congrès.

Ce vœu mis aux voix, est adopté à l'unanimité.

Le F∴ M∴ demande que l'on étende la mesure prise aux Tribunaux de Commerce, qui jouissent de privilèges encore plus grands que les tribunaux ordinaires.

Le F∴ Massé répond que la question des Tribunaux de Commerce ne figurant pas à l'ordre du jour, le F∴ M∴ est prié de rédiger un vœu spécial.

Le F∴ M∴ rédige le vœu suivant :

L'amovibilité de la magistrature consulaire devra être soumise aux mêmes règles que l'amovibilité de la magistrature civile. Au cas de révocation d'un magistrat consulaire, il sera procédé immédiatement à une nouvelle élection. Au cas de réélection du magistrat révoqué, il sera nommé à ses lieu et place par le pouvoir exécutif, un magistrat qui occupera son siège jusqu'aux élections suivantes.

En aucun cas, le magistrat consulaire révoqué, ne sera rééligible.

Ce vœu mis aux voix, est adopté à l'unanimité.

La parole est donnée un F. L∴ de la Loge « Raison et Solidarité » d'Issoire, pour présenter le vœu formulé par cet At∴ et protestant contre le don de certains livres par le ministère de l'instruction publique.

Le F∴ L∴ donne lecture des considérants qui suivent.∴

La Loge *Raison et Solidarité* :

Considérant qu'il est du devoir de la Franc-Maçonnerie d'aider au triomphe de l'idée laïque et de s'opposer par tous les moyens à l'infiltration de l'esprit clérical dans les milieux populaires républicains;

Considérant que le ministère de l'Instruction publique compte dans ses bureaux des fonctionnaires à l'esprit rétrograde, qui abusent de leur autorité pour envoyer aux bibliothèques des écoles et Universités populaires des Livres comme le *Théâtre bleu* de M. H. de Brizay par exemple, où la science est tournée en ridicule, les hommes de la Révolution représentés comme des brutes, tandis que la chouannerie se trouve glorifiée.

La Loge demande qu'il soit procédé à une enquête auprès des Loges de France afin de savoir si la complicité coupable que trouve la Congrégation dans certains bureaux du ministère de l'Instruction publique s'est manifestée dans beaucoup de villes par l'envoi de livres où l'on prêche, le culte de l'ancien régime, la haine de la **Révolution** française et de la pensée libre.

Le F∴ R∴, de Clermont, appuie les conclusions de la Loge d'Issoire.

Le F∴ M∴, de La Loge de Bourges, donne des explications techniques et indique la façon ridicule dont se fait la livraison de livres aux bibliothèques des Écoles.

Le vœu de la *Loge d'Issoire* est adopté à l'unanimité et renvoyé au Conseil de l'Ordre avec prière d'intervenir près du Ministre de l'Instruction publique.

L'ordre du jour appelle la discussion d'une proposition de la Loge *Travail et Fraternité*, de Bourges, et ainsi présentée.

EXTENSION DES LOIS SUR LES ACCIDENTS DU TRAVAIL

La L∴ *Travail et Fraternité*,

Considérant que les lois sur les accidents survenus pendant le travail sont incomplètes et ne sont applicables qu'à certains travailleurs alors que tous doivent être protégés.

Que le travail profitant à la nation toute entière, c'est l'État qui doit garantir le travailleur contre les accidents dont il est victime tandis qu'il augmente la richesse nationale.

Considérant que l'intermédiaire des Cies d'Assurances est inutile, celles-ci ayant pour seul objet de réaliser un bénéfice sur les primes versées par l'employeur, bénéfice qui majore le prix de la main d'œuvre. Que le mode d'assurances actuel n'est pas équitable, le gros propriétaire et le riche financier tout en participant ou en bénéficiant du travail ne participant pas à la garantie due au travailleur.

Emet le vœu : Que les lois sur les accidents du travail seront applicables à tous les ouvriers et employés sans exception, et aux petits patrons vivant de leur seul travail et n'occupant pas plus de deux ouvriers.

Que l'État devra servir aux victimes des accidents ou à leurs ayants-droits les rentes ou indemnités prévues par la loi.

Que la caisse nationale d'assurances chargée d'effectuer ce paiement sera alimentée par tous les contribuables dans le mode fiscal ordinaire.

Le F∴ Courbier développe ce vœu et indique la nécessité de refondre la loi sur les accidents du travail.

Le F∴ C∴, de la Loge de Nevers, demande que le bénéfice de la loi soit accordé aux petits patrons n'occupant pas plus de quatre ouvriers et que cela soit indiqué dans le vœu.

Le vœu, avec cet amendement, est adopté à l'unanimité.

Le Congrès aborde la grave question des réformes scolaires ainsi indiquée à l'ordre du jour.

PROJET DE RÉFORMES SCOLAIRES

La L∴ *Le Réveil Anicien* estime qu'il faut arriver à la suppression de l'enseignement clérical et assurer à tous les enfants une instruction et une éducation qui leur permettront de remplir leurs devoirs et d'exercer leurs droits d'homme et de citoyen. Cet At∴ déclare que l'Etat a, en principe, un droit primordial eu matière d'enseignement, puis soumet à notre discussion la question de savoir si ce droit doit être exercé 1° par le monopole, c'est à dire l'Etat enseignant lui-même ; 2° par un contrôle sur un enseignement donné par l'initiative privée ; 3° par le système mixte de l'Etat enseignant et d'un enseignement libre contrôlé.

Le *Réveil Anicien* ne prend pas parti, mais déclare que le 3° système l'emporte soit devant l'opinion publique, soit devant le Parlement et ajoute que l'enseignement libre doit être soumis à des garanties morales et professionnelles très sérieuses et à une surveillance incessante ; étant indiqué que le droit d'enseigner doit-être enlevé aux congrégations.

La parole est donnée au F∴ B∴, de la Loge le *Réveil Anicien*, qui s'exprime en ces termes :

« Les Membres de la Loge du Puy, proposent au Congrès d'examiner quelles sont les réformes à introduire dans l'organisation de l'enseignement primaire pour arriver à la suppression définitive de l'enseignement dogmatique et afin d'assurer à tous les enfants des deux sexes, une instruction et une éducation suffisantes pour exercer leurs droits et remplir leurs devoirs de citoyens.

« Nous avons pensé qu'avant de discuter sur une telle proposition, l'Assemblée doit tout d'abord donner son avis sur la question tant controversée de savoir si le droit d'enseigner est un droit naturel, ou comme l'a dit notre excellent F∴ Combes, Président du Conseil, une concession du pouvoir.

« Toute l'organisation de l'enseignement en dépend.

« En effet, si le droit d'enseigner est compris dans les Droits de l'Homme, les instituteurs n'ont à répondre que de l'abus qu'ils peuvent faire de cette liberté, aucune condition ne saurait leur être imposée *ab initio*; partout, toute personne pourrait enseigner. Dès lors, la tâche du législateur est simplifiée ; il n'y a qu'à ajouter quelques articles au Code pénal pour réprimer les abus en matière d'enseignement. Si, au contraire, le droit d'enseigner est une concession du pouvoir, l'Etat est tenu d'organiser l'enseignement dans les intérêts de la société et de chacun en particulier, dans l'intérêt aussi de la République.

« Eh bien, notre Loge estime qu'il ne peut s'él-ver aucun doute pour tout homme réfléchi et dont la pensée est libre : le droit d'enseigner n'est point un droit naturel.

« Que les partisans de l'Eglise romaine et des régimes monarchiques, réunis dans l'opposition, affirment le contraire, cela s'explique très bien : « Ces champions de l'église, dit M. Aulard, ne voulaient la liberté que pour rendre l'église *omnipotente*, par le rétablissement de l'unité religieuse, de l'unité opprimante et tyrannique. Alors comme aujourd'hui, ils ne voulaient la liberté que pour détruire la liberté elle-même. » Et V. Hugo, à la tribune de l'Assemblée Nationale, leur adressait cette virulente apostrophe : « La liberté que vous réclamez, c'est la liberté de ne pas enseigner ».

« Le grand poète disait vrai : L'Eglise ne pouvant plus revendiquer le droit d'enseigner pour elle seule, selon la règle évangélique, *ite docere omnes gentes*, limite aujourd'hui ses prétentions à la liberté d'enseignement, dont elle compte tirer grand profit pour relever son prestige, chaque jour déclinant.

« Ainsi contre la Raison et la Science, nos adversaires veulent continuer une lutte où ils perdent chaque jour du terrain : ils demandent pour tout le monde, le droit d'enseigner, en affirmant que c'est un droit naturel. C'est entendu.

« Mais que des républicains comme MM. Clémenceau, Henry Maret et Charles Dupuy, viennent déclarer que le droit d'enseigner est inscrit dans l'art. XI de la Déclaration des Droits de l'Homme et du Citoyen, voilà qui nous surprend.

« Dans cet article XI, nous ne voyons pas autre chose que la liberté de réunion et la liberté de la presse ou de la publicité, deux libertés qui impliquent le contact de ceux qui en usent avec des esprits capables de les comprendre et par suite, de résister à toute emprise sur leurs consciences ; tandis qu'enseigner, c'est bien plus que communiquer la pensée, puisque c'est développer toutes les facultés de l'enfant, de cet être inculte, par conséquent incapable d'éviter le mal, de repousser des théories qui peuvent empoisonner son cœur et fausser sa raison.

« Ah ! c'est que ces derniers partisans du droit naturel
d'enseigner se retranchent derrière le droit du père de
famille qui, disent-ils, sait mieux que personne quelle
éducation il doit faire donner à ses enfants et cela parce qu'il
les a créés, parce que son affection pour eux ne peut
l'induire en erreur, parce que leurs âmes lui appartiennent
souverainement. Et le droit sacré du père de famille qu'en
faites-vous ? tel est le cri de guerre qu'ils poussent à
l'unis onavec les orthodoxes de l'église romaine pour effrayer
la masse qui, instinctivement hostile à l'intervent'on de
l'Etat dans les affaires de famille, n'examine pas ce qu'il y
a de faux, de trompeur dans cette formule captieuse,
irritante.

« En fait, combien de parents sont incapables de discerner
l'enseignement qu'ils faut à leurs enfants ! Combien même
qui, en choisissant un établissement, se laissent guider non
par l'intérêt des enfants mais par leurs convenances personnelles. En droit, la liberté du père de famille est limitée
par l'article 2 de la Déclaration des Droits de l'Homme et
du Citoyen qui dit : « Le but de toute association politique est
la cons rvation des droits naturels et imprescriptibles de
l'homme ». Oui, de même que l'Etat exige des citoyens,
leurs bras, leur vie, pour la défense des frontières, de
même, le père de famille ne peut donner à ses enfants
qu'une éducation reconnue par l'Etat, propre à maintenir
l'unité nationale et conserver à chacun ses droits d'homme
et de citoyen. Faut-il croire, comme M. Charles Dupuy,
que l'Etat n'a qu'un droit, celui de faire respecter la loi et
de punir les infractions ? Cette vieille conception de l'Etat-
gendarme à laquelle M. Dupuy n'a pas été toujours fidèle,
risque fort de trouver sa dernière expression dans la plume
de l'honorable sénateur de la Haute-Loire. Non, l'Etat qui
se contenterait d'assurer l'ordre public, ne tarderait pas
à s'apercevoir que la communauté d'idées, de sentiments,
de volontés, qui fait la patrie, exige autre chose que des
tribunaux. Comment ! dans ce monde où la concurrence
des peuples, où les progrès de la science rendent la vie
de plus en plus intense, la tâche de chacun de plus en plus
difficile, l'Etat se désintéresserait de l'instruction du peuple !
Dans notre démocratie avide de liberté et de justice, l'Etat
livrerait au premier venu l'éducation du citoyen qui, par
son suffrage, tient les rênes du gouvernement ! Dans cette
aspiration universelle des nations, vers un idéal toujours
meilleur, l'Etat s'abstiendrait dans l'éducation générale,

grâce à laquelle se continueront les traditions qui ont fait de la France la pionnière de la civilisation ! Comment ! l'Etat n'aurait pas le droit d'imposer aux parents qu'ils fassent instruire leurs enfants assez pour exercer leurs droits et remplir leurs devoirs d'hommes et de citoyens ! Il n'aurait pas le droit de s'assurer que cet enseignement n'est pas contraire aux principes de notre droit public ! Il n'aurait pas le droit de déterminer les garanties à fournir par tout éducateur de l'enfance ! alors que lui, Etat, seul responsab'e devant la nation, doit être le gardien vigilant de cette unit· politique et morale. nécessaire pour la conservation de la société. alors que toute l'histoire montre de quels troubles profonds est agité un peuple qui est exposé a recevoir un enseignement contraire a sa fin.

« Mais, comme il arrive souvent, pour combattre un paralogisme on se sert d'un sophisme, c'est a·nsi que l'on a oppo·é le droit de l'enfant au droit du père de famille. Nous savons bien que la loi a prévu certain cas où l'Etat est tenu de protéger l'enfant contre ses parents, protection qui peut aller jusqu'à faire encourir la déchéance paternelle. Sans au·un doute c'est bien le droit de l'enfant qui surgit dans ces occasions en passant de la puissance paternelle à la puissance publique. Mais en matière d'enseignement l'Etat ne soustrait pas l'enfant à la puissance paternelle. seulement il entend que cette puissance ne s'exerce pas contre l'unité nationale. contre les principes sur lesquels est bâti l'édifice sociale. D'où sa règlementation.

« Voilà qui établit bien clairement qu'il n'y a pas opposition entre le droit de l'enfant et le droit du père de famille, que ces deux droits, au contraire, pour ainsi dire, se juxtaposent dans la subordination du droit de l'E·at.

« Or, puisque l'Etat a un droit primordial en matière d'enseignement, un droit devant lequel tout père de famille est obligé de s'incliner, le droit d'enseigner ne peut plus être considéré comme une concession du pouvoir, une délégation de la puissance publique, dit V. Cousin, qui n'admet pas que l'Etat puisse jamais l'aliéner.

« Jules Simon est plus catégorique :

« J'admets, dit-il, la liberté de l'enseignement, je n'admets pas le droit d'enseignement considéré comme un droit naturel.

« Enseigner à qui ? Enseigner à quoi ? Y a-t-il au monde quelque chose qui s'appelle le droit naturel d'enseigner l'écriture, le droit naturel d'enseigner le latin ? Rien absolument, ce n'est pas le moins du monde un droit naturel; il n'y a pas de droit naturel de gagner sa vie en enseignant le latin, l'écriture, les mathématiques ».

« Ce droit éminent de l'Etat, peut s'exercer de trois manières :

« 1° Par le MONOPOLE, c'est-à-dire l'Etat enseignant lui-même.

« 2° Par le contrôle sur un enseignement totalement livré à l'initiative privée.

« 3° Par le système mixte de l'Etat enseignant et d'un enseignement libre contrôlé.

« C'est ce dernier système qui a été consacré par la loi du 30 octobre 1886, sur l'organisation de l'enseignement primaire.

« Est-ce le meilleur ? Question purement politique sur laquelle se sont déjà livrées bien des batailles entre étatistes qui soutiennent l'excellence du monopole et individualistes qui penchent pour les deux autres systèmes, lesquels réalisent en quelque sorte la liberté de l'enseignement. Nous n'avons pas à nous y arrêter pour prendre nous-mêmes parti, car il est absolument certain que la liberté de l'enseignement par le 3e système, l'emporte et de beaucoup, soit devant l'opinion publique, soit au Parlement.

« Puisque donc, nous devons avoir un enseignement privé à côté de l'enseignement public, il importe de faire une législation des règlements qui à la fois consacrent cette liberté d'enseigner. en garantissent le droit de l'Etat. C'est d'ailleurs un principe de notre droit public, que toute liberté doit être définie et réglée c'est-à-dire soumise à des conditions de garantie et de surveillance dans l'intérêt de la société. Mais auparavant, une réflexion sur l'enseignement de l'Etat. Remplit-il toujours le but que l'Etat s'est proposé ? Hélas ! les critiques formulées par l'opinion publique, qui ont eu parfois leur écho dans nos diverses Assemblées électives, ne sont que trop fondées : beaucoup trop d'instituteurs et d'institutrices n'ont pas encore l'esprit laïque et donnent le même enseignement que l'établissement congréganiste d'à côté et ce ne sont pas toujours les plus vieux, comme on pourrait le croire. Un fait à remarquer, d'ailleurs très logique, c'est que ces esprits non affranchis font partie des mêmes promotions d'école normale. On aperçoit de suite l'origine du mal. Il est triste en effet, de constater qu'il y a encore dans nos écoles normales primaires, des maîtres ou directeurs qui atrophient le cerveau de nos futurs instituteurs avec des formules dogmatiques qui arrêtent tout essor à cet esprit de libre examen, qui cependant doit être le but de tout enseignement laïque.

Il y a donc là une réforme qui, sans nécessiter des mesures spéciales ni une modification à nos lois scolaires, doit préoccuper la Franc-Maçonnerie, laquelle pourra mettre le Gouvernement en demeure de la réaliser par une inspection plus sévère et si c'était nécessaire par l'épuration des fonctionnaires.

« Après cette observation qui nous a paru opportune, car ici le choix du personnel a une tout autre importance que dans les autres corps de l'Etat, passons à l'enseignement privé.

« L'Etat, avons-nous dit, doit soumettre l'enseignement privé libre à des conditions de garantie et de surveillance. Comme garanties, il y en a de deux sortes : les garanties morales et les garanties professionnelles.

« Les premières sont inscrites dans notre législation qui, si elle était appliquée dans son esprit, n'aurait pas besoin d'être augmentée de nouvelles lois, car la loi de 1886 dit que l'enseignement ne doit pas être contraire à la morale, à la constitution et aux lois, et la loi du 1er juillet 1901 permet au Gouvernement de dissoudre par décret les congrégations même autorisées. Or, il y a un enseignement, nous disons un enseignement, car tous ses membres ont adopté la même méthode, celle imposée par l'Eglise romaine, un enseignement qui viole tous les jours la loi, puisqu'il nie les principes de notre droit public, un enseignement immoral, puisque ses établissements sont l'école des préjugés, du mensonge, de l'erreur, un enseignement incapable, puisque toutes les personnes qui le composent se sont mutilées de tout ce qui fait vraiment l'homme ou la femme. Pour peu qu'on y réfléchisse, on se demande comment le xixe siècle, ce siècle de progrès et de lumière, qui a fait un pas si grand vers la libre-pensée, a pu se clore sans que des voix ne se soient élevées assez puissantes pour renverser ce mouvement de fanatisme, la honte de notre civilisation. On est surtout stupéfait de voir encore des républicains soutenir cet enseignement et dire en même temps avec M. Ch. Dupuy dans la *Revue politique* : « Il nous paraît intolérable qu'à la faveur de la liberté de l'enseignement, qui que ce soit puisse élever des enfants contre leur pays et

leur temps... Nous entendons que les enfants de la France
républicaine et démocratique ne soient pas élevés contre la
République et la démocratie ».

« Ces paroles, nous les acceptons. mais nous ne pouvons
compr ndre comment un enseignement qui nie tou es les
libertés puisqu'ell s ont été condamnées par l'Eglise. qui
interdit le libre examen puisqu'il est contraire à son dogme,
puisse être regardé par un ancien ministre de l'Instruction
publique de la République comme un enseignement républicain et démoc atique Cet enseignement-là doit disparaître et disparaître à jamais.

« Comment le faire disparaître ?

« Tout d'abord par la suppression des congrégations
enseignaute-. Chose étrange et vraiment incompréhensible
après ce que nous venons de dire, c'est M. Ch. Dupuy
qui n us le conseille dans son article de la *Revue
parlementaire*. L'éducation a pour but d'affranchir et de
développer la personnalité humaine et ceux-là seuls peuvent
faire acte d'éducateurs, chez lesquels cette personnalité
subsiste intacte et sans altération ni aliénation ».

« Peut-on dire plus clairement aux Congrégations : « Vous
ne pouvez pas enseigner ?»

« Outre cette absence de personnalité qui suffirait pour
interd re l'enseignement aux Congréganistes, il est une
cause majeure qui doit les faire éliminer, c'est qu'ils sont
les instruments de l'Eglise catholique qui, depuis 19 siècles,
vise toujours le même but : imposer au monde son dogme
et sa domination. et qui s'y emploie par tous les moyens et
notamment par l'enseignement que Saint-Paul lui a recom-
mandé comme la voie la plus sûre pour arriver au pouvoir.
Non, i's ne sauraient plus longtemps développer l'esprit
d'une partie de notre jeunesse dans cette hostilité et contre
nos institutions républicaines, et contre la liberté de conscience, et contre l'œuvre que nous poursuivons depuis deux
siècles surtout, la sécularisation de la socié é. Voilà pourquoi nous souhaitons que les projets de notre si estimé
F.·. Combes soient votés avec l'addition qu'y a faite la Commission « pour tout enseignement » et que soit écarté le
contre-projet Colin qui ne tient pas compte de l'habileté de
ces associations à mentir impunément à la loi.

« Cette habileté à tourner la loi, les gens d'Eglise nous
l'ont déjà amplement montrée. Sans nul doute, ils nous
fourniront. après la suppression de leurs ordres enseignants,
une nouvelle preuve du haut caractère qu'ils donnent à

cette fonction sociale, cependant la plus sacrée de toutes, celle qui exige en conséquence une sincérité d'âme à toute épreuve. A l'Etat, bien prévenu, de prendre toutes ses mesures pour éviter cette infiltration du virus congréganiste. Condorcet a dit : « L'instruction nationale est pour la puissance publique un devoir de justice ».

« Nous allons donc aborder ce problème tant difficile des conditions de garantie et de surveillance auxquelles doit être soumis l'enseignement libre, problème auquel tout citoyen doit accorder le concours de son intelligence et l'inspiration de sa conscience.

« V. Cousin l'a posé ainsi : *« L'Etat doit s'enquérir si celui qui se propose pour être le maître de la jeunesse est capable d'exercer un pouvoir aussi redoutable »*.

« L'article premier de la loi du 16 juin 1881 n'exige de ce candidat que le brevet élémentaire de capacité. C'est insuffisant. Est-il logique de demander moins aux membres de l'enseignement privé qu'à ceux de l'enseignement public que l'Etat connaît mieux et fréquente davantage ?

« Nous concluons que le certificat d'aptitude pédagogique soit exigé de tous les instituteurs privés. Nous voudrions même que cet examen comportât une épreuve tout au moins orale sur l'instruction morale et civique et sur les sciences économiques et politiques, sur les œuvres d'économie sociale dont tout éducateur doit avoir des notions suffisantes pour préparer les enfants qui lui sont confiés au rôle social et politique qu'ils seront appelés à remplir, rôle de plus en plus complexe à mesure que les institutions démocratiques, sociales et humanitaires, se développent sur tout le territoire et dans le monde civilisé.

« Nous demandons aussi, pour faciliter la préparation de cet examen à l'enseignement privé, que les écoles normales fussent ouvertes aux candidats et que dans le cycle d'études de ces écoles, il y eût une année, la deuxième, par exemple, plus spécialement consacrée aux matières et aux exercices que nécessite le certificat d'aptitude pédagogique. Nous ne devons pas craindre de voir s'élever, à côté de l'enseignement public, un enseignement libre laïque qui aidera celui-là à combattre l'enseignement clérical, cet enseignement négatif qui ne disparaîtra, soyons-en certains, que sous les coups répétés de la raison, suivant la propre expression de M. Clémenceau.

« Un examen est certainement insuffisant pour permettre à l'Etat de s'assurer qu'un candidat à l'enseignement

offre les garanties morales ou professionnelles qu'on est en
droit d'exiger de lui. Nous ne saurions cependant nous appuyer outre mesure sur l'enquête administrative qui ne
donne pas toujours des renseignements exacts et impar-
tiaux. Nous préférons de beaucoup que les autorités administratives s'en remettent à elles-mêmes du soin pour
accomplir cette mission délicate. Or, elles ne peuvent vraiment être édifiées sur la valeur morale et professionnelle
d'un instituteur, qu'en vérifiant comment il enseigne. C'est
pour cela que d'aucuns préconisent l'inspection.

« Comme jusqu'ici l'inspection se bornait pratiquement
à l'hygiène, nous devons, pour fixer et les inspecteurs et
les inspectés, indiquer comment doit se faire ce contrôle.
C'est par là même rechercher l'étendue du droit de l'Etat
en matière d'enseignement. Or, M. Lintilhac en a fait un
exposé très clair et très juste au Sénat : « *L'Etat doit avoir,
non une doctrine mais une méthode, une méthode qui ne
puisse blesser les convictions de personne et qui puisse s'appliquer non pas un jour, mais tous les jours et toujours,
non pas dans une région, mais dans toute la France, dans
tous les pays* ».

« Cette méthode est, croyons-nous, celle qui explique
tout ce qui est enseigné à l'aide de la Raison et de la
Science.

« A moins d'être un fanatique, on ne peut la repousser
comme attentatoire à la liberté de l'enseignement privé.

« L'honorable sénateur ajoute que le *credo* de l'Etat est
tout entier dans les *Droits de l'Homme et du Citoyen:* Ce
credo ne saurait être contesté puisque la Charte de 1789 a,
depuis quelque temps, le privilège d'être admise par tous
les partis.

« Il le serait, d'ailleurs, que l'Etat aurait le droit de
l'imposer à tous les citoyens et partant d'exiger que tous
les maîtres l'enseignent.

« Pouvons-nous, en effet, nous, fils de la Révolution,
faire abstraction dans l'éducation nationale, d'un enseignement qui grandit l'homme et lui donne conscience de sa
dignité, de sa personnalité, de sa souveraineté?

« Mais il y a, en outre, un programme d'études tracé
dans l'article premier de la loi du 28 mars 1882, qui doit
être commun aux deux enseignements public et privé et
sur lequel l'inspection devra porter sans aucune crainte de
violer la liberté des maîtres. Voilà, ce nous semble, bien
délimiter l'étendue du droit de l'Etat dans les établisse-

ments libres qui pourront ajouter à leur gré l'enseignement confessionnel et toutes autres matières à apprendre, qui auront avec le libre choix de leurs livres, la libre disposition de leur temps. Toutefois, cette question étant des plus délicates, nous prions tous nos FF.·. du Congrès de l'examiner avec tout l'intérêt qu'elle mérite. Il est urgent de lui donner une solution qui, tout en garantissant aux instituteurs privés la liberté d'enseigner, permettra à l'Etat de s'assurer que l'enseignement est bien donné dans leurs écoles et que les enfants n'en sortent pas avec un bagage insuffisant et un esprit faussé, atrophié, incapable de produire.

« Mais l'inspection, si elle est acceptée par tous, même par nos adversaires, est sérieusement contestée comme moyen efficace de contrôle ; l'expérience, d'ailleurs, a démontré que nous aurions tort de nous en contenter : ces hasards inhérents à toutes les visites intermittentes, le tempérament de l'inspecteur, le caractère du maître, voilà autant de causes qui peuvent fausser l'inspection ou la rendre illusoire ; pour la rendre effective, il faudrait la transformer en une véritable inquisition. Qui de nous en voudrait ? Personne.

« Aussi, il nous paraît que l'Etat doit chercher un autre moyen de contrôle qui puisse donner de meilleurs résultats.

« La loi du 28 mars 1882 a maintenu le certificat d'études primaires qui, dans l'esprit du législateur, devait servir de sanction à la scolarité de l'élève. Ce certificat est devenu un véritable diplôme, en a pris tous les défauts, de sorte que nous n'hésitons pas à déclarer que cette institution faussée dans son principe doit être supprimée, d'autant plus que nombre d'établissements privés s'abstiennent d'y présenter leurs élèves ; et nous proposerions de le remplacer par un examen de fin d'Etudes primaires qui serait passé sur tous les enfants des deux sexes, l'année même où le temps de scolarité peut être terminé.

« Cet examen nous paraît la conséquence logique de l'instruction obligatoire, il en est la véritable sanction.

« Avec l'institution du Livret scolaire, où année par année, le maître inscrira avec le nombre des présences et des absences, toutes notes et places sur les matières enseignées permettant de juger les progrès de l'élève, l'examen de fin d'études dont les notes compléteront le livret, permettra à l'Etat qui en a le droit et le devoir, de bien se rendre compte de la valeur de l'enseignement donné dans les écoles, tant privées que publiques, et en même temps assurera davantage la fréquentation des écoles.

« Par cet examen, violons-nous la liberté d'enseignement? Qui oserait le soutenir? Nous avons démontré que l'Etat avait le droit d'exiger de tout citoyen qu'il prépare ou fasse préparer ses enfants au rôle social et politique que la société leur confiera un jour, d'imposer à l'enseignement privé une méthode, un credo, un programme des connaissances. En obligeant l'enfant à venir montrer ce qu'il sait, et comment ses facultés ont été développées, l Etat ne fait que demander au père de famille à qui il a laissé toute liberté de faire élever ses enfants où et comment il voudrait, à l'instituteur privé de diriger à son gré les études de ses élèves. si l un et l'autre ont rempli leur mandat dans l'intérêt de l'enfant, de la famille et de la société. Mais, dira-t-on, si cet examen est passé à la fin de la scolarité, quelle en sera la sanction? Pour les pères de famille dont la négligeance aura été constatée, nous demanderions que le jury d'examen pût imposer suivant la faiblesse de l'enfant, une nouvelle année de scolarité ou la fréquentation des cours d'adultes; cette dernière éventualité implique le caractère obligatoire à introduire dans l'organisation des cours d'adultes. Pour l'établissement libre dont l'enseignement aura été reconnu insuffisant ou contraire à la fin que cherche l'Etat, nous voudrions un rapport de l'inspecteur, président du jury d'examen, démontrant aux maîtres comme aux autorités administratives, que dans cet établissement, les maîtres ont manqué à leur devoir et méritent une mesure disciplinaire, laquelle serait infligée par le Conseil départemental ou le Conseil supérieur, après défense de l'intéressé. Ces mesures disciplinaires seraient graduées de façon à permettre aux délinquants de se corriger, mais dans certains cas où l'Administration ne rencontrera que de l'hostilité et un parti-pris, c'est à la privation du droit d'enseigner et à la fermeture de l'école qu'il faudrait, sans hésiter, avoir recours.

« A ces avantages de l'examen de fin d'études, il faut ajouter, avons-nous dit, celui d'assurer la fréquentation scolaire. En effet, on ne pourrait plus tant se dérober aux prescriptions de la loi de 1882; les commissions scolaires ne seraient plus un mythe, elles seraient amenées par la force même des choses à fonctionner plus régulièrement et, sans employer les moyens de rigueur, elles obligeraient les parents à envoyer leurs enfants à l'école. Ce serait déjà un grand progrès. Puis, ces mêmes commissions, en constatant que les absences sont parfois provoquées par une misère noire, organiseraient l'assistance scolaire, soit par la caisse des écoles, soit par l'initiative privée qui ne veut qu'être guidée pour créer quelque chose.

« Et en habituant ainsi nos concitoyens à s'occuper de l'instruction de leurs enfants, on les ferait songer ainsi à eux-mêmes; ils chercheraient à établir dans la commune ou village, cet enseignement mutuel, qui transformera la famille à laquelle on reproche, peut-être avec quelque raison, de détruire l'œuvre de l'école.

« La Loge, cependant, juge que dans la loi de 1882, les commissions scolaires doivent être remplacées par l'intervention de l'inspecteur primaire.

« Telles sont les réformes scolaires que nous paraît imposer la défense républicaine, en ce qui concerne l'enseignement primaire. Nous vous convions à les examiner, à en proposer d'autres, des meilleures; mais l'attitude de nos adversaires, ainsi que l'avenir de notre pays et de la République, nous commande d'agir :

« Rappelez vous le mot de Michelet : *quand le jésuitisme monte, la France descend* ».

(*Applaudissements*).

Le F∴ Massé.

Je vous demande pardon de vous interrompre, mais je suis, quant à présent, partisan du certificat d'études pédagogique qui implique que l'on a enseigné; or, l'instituteur privé n'étant pas reçu à enseigner dans les écoles publiques, comment pourra-t-il se procurer ce certificat ? Je vous en prie, ne nous attachons pas trop à des questions de détail. Nous devons être des précurseurs et montrer ce que la Franc-Maçonnerie entend vouloir réaliser pour l'humanité de demain.

Je serais d'avis que le Congrès prît note des réformes déjà votés par le Parlement et préconisât dès maintenant l'unité d'enseignement. Nous sommes dans des questions de parchemin, ce n'est pas là ce que la démocratie attend de nous.

Le F∴ G∴, de la Loge de Bourges, est de l'avis du F∴ Massé : il y a une solution radicale à toutes ces questions, il n'y a pas à tourner autour.

Le F∴ Courbier explique que la Loge de Bourges a étudié les propositions de la Loge du Puy et examiné les trois systèmes proposés par cette dernière. La Loge de Bourges a émis l'avis que le *Monopole* de l'enseignement, dans l'état actuel du conflit, était la seule solution possible.

(*Applaudissements*).

Le F.˙. M.˙., de la Loge de Bourges :

Le Convent aura à discuter sérieusement cette question au Convent de 1904.

Le F.˙. Courbier : Certainement, aussi je prie instamment le Congrès de s'en tenir au vote pur et simple, en faveur du Monopole de l'Enseignement par l'Etat.

Le F.˙. Cl.˙., de la Loge de Montluçon :

Il est bien entendu qu'après la suppression de toutes les Congrégations, il faudra réformer le programme d'études.

(*Assentiments*)

Le F.˙. Massé :

Devant la proposition de monopoliser l'Enseignement, il y a lieu d'établir de sérieuses distinctions entre es divers enseignements. Il faut d'abord écarter l'enseignement supérieur qui s'adresse à des hommes mûrs, comme l'école des hautes études qui est fréquentée même par des vieillards à cheveux blancs.

Au nom de l'enfant, nous avons le droit de réclamer le monopole de l'Enseignement secondaire. Il faut s'en tenir à ceux-là seuls si l'on veut aboutir.

Le F.˙. M.˙., de Montluçon, déclare qu'il est partisan du système de F.˙. D˙.

Le F.˙. Massé expose les considérations émises par le F.˙. D.˙., dont il critique les idées sous le rapport de son système d'enseignement.

Vous n'ignorez pas, dit-il, qu'à côté des écoles, il existe des patronages cléricaux. Vous ne pouvez guère y toucher sans atteindre du même coup la liberté d'association. Quant au fameux argument de l enseignement neutre, la neutralité, vous le savez, est purement illusoire à l'école. Il sera difficile à l'instituteur, ou professeur, de ne pas enseigner selon ses propres idées.

Le F.˙. Courbier cite un fait personnel à propos de l'enseignement supérieur et, signale par là les avantages des facultés privées.

Le F.˙. R.˙., de Clermont, estime, lui aussi, qu'il y a lieu de distinguer entre les divers enseignements supérieurs. Il cite également des faits personnels et conclut en affirmant que dans les Facultés de l'Etat, les nominations du personnel enseignant, ne sont pas entourées de garanties suffisantes.

Le F∴ M∴ de Montluçon :

N'oublions pas non plus les écoles militaires aux mains de la réaction et du cléricalisme, c'est un fait avéré, et qui nous donnent des officiers cléricaux et anti-républicains.

Le F∴ L∴, de Clermont :

C'est exact, même en ce qui concerne l'école de Saint-Maixent.

La discussion étant épuisée, le Président met aux voix le vœu de la Loge de Bourges et la partie de la proposition de la Loge du Puy, tendant à l'établissement du *Monopole de l'Etat*, pour les trois ordres d'enseignement.

Le vœu est adopté à l'unanimité.

L'Ordre du jour appelle un vœu de la Loge le *Réveil Anicien*, du Puy, sur la laïcisation de l'assistance publique aux malades.

Le F∴ B∴, de cette Loge, a la parole, et expose ainsi la question :

« Suivant le plan des travaux adopté par le Congrès, j'exposerai le plus brièvement possible, l'opinion de la Loge qui m'a délégué :

« Nous devons poursuivre sans relâche et toujours avec la même ardeur, cette grande œuvre qu'on appelle la sécularisation de la société. C'est dans ce but que nous appelons votre attention sur la laïcisation de l'assistance auprès des malades, tant dans les familles que dans les hôpitaux et asiles d'aliénés.

« Il nous paraît inutile de renouveler ici tous les arguments qui militent pour cette réforme sociale.

« Pas un Franç-Maçon ne les ignore et n'en conteste l'importance.

« On est à se demander pourquoi cette question n'est pas plus avancée malgré les efforts qui ont été faits dans ces dernières années ; pourquoi nous, républicains libres-penseurs, nous ne l'avons pas déjà résolue.

« Peut-être avons-nous à nous reprocher une coupable indifférence de laisser ainsi cet important service entre les mains de congréganistes incapables et sectaires ? Mais, il faut le reconnaître, beaucoup plus souvent, nous sommes empêchés d'agir, soit à cause de l'impossibilité de remplacer les sœurs infirmières par des gardes-malades laïques que nous n'avons pas, soit à cause du préjugé de la masse qui regarde ces femmes comme indispensables à cette heure et ne pouvant être égalées en dévouement par des mères de famille. Notre devoir est donc de rechercher les moyens de vaincre et surmonter ces obstacles.

« Tout d'abord, comment recruter les gardes-malades laïques ? Il nous est pénible de l'avouer, mais de toutes les nations civilisées, nous sommes celle qui est le plus en retard sur ce point ; plusieurs monarchies ont un personnel d'infirmières presque complètement laïque. Nous aussi, nous n'avons qu'à voir ce qui s'est fait à l'étranger, pour nous guider dans cette organisation du service des malades, nous n'avons qu'à étudier ces admirables institutions des Nursing qui couvrent toute l'Angleterre et qui ont été imitées par tous les pays. Rendons en passant, un juste hommage à la mémoire d'une femme de génie, Florence Mightingal, qui s'est immortalisée par cette création, pour laquelle l'humanité tout entière doit lui être reconnaissante.

« De cette étude des écoles professionnelles de gardes-malades, qui a déjà reçu quelques applications, mais trop rares sur notre territoire, nous tirerons des enseignements précieux, que nous alllons exposer brièvement, laissant ensuite à chaq·e région, à chaque département, le soin d'organiser ce service, suivant les besoins de ses habitants et de ses établissements hospitaliers.

« Quels sont ces besoins à satisfaire ? Telle est la question à se poser avant tout.

« 1° Tous nos établissements hospitaliers réclament déjà un nombreux personnel et un personnel exclusivement laïque, cela ne souffre aucune discussion ; de plus ce personnel est appelé à former des apprenties pour les écoles professionnelles régionales, dont nous parlerons plus loin ; il ne peut donc se recruter que dans ces écoles, pour qu'il puisse offrir toutes les garanties de capacité et d'expérience nécessaires pour un service aussi difficile que celui des hôpitaux et pour l'enseignement pratique qui doit y être donné.

2° Les épidémies et les guerres exigent un personnel différent du précédent et non moins nombreux. L'intermittence de ces fléaux oblige des femmes à se faire occasionnellement infirmières.

« Il est vrai que la Croix-Rouge française comprend quatre Sociétés de dames ambulancières dont le nombre serait suffisant pour assurer le service des campagnes ; malheureusement leurs secours sont presque nuls comme on a pu le constater dans les dernières guerres de 1870, de Tunisie, de Madagascar, de Chine. Se recrutant elles-mêmes, le plus souvent, dans la haute bourgeoisie, ces Sociétés n'ont pas compris que les manifestations grandioses et quelques aumônes ne suffisaient pas pour remplir le rôle qu'elles ont assumé. C'est cependant pour elles-mêmes que Maxime du Comp, qui indiquait la préparation qu'elles avaient à faire pour s'acquitter de cette noble mission qui est transformée par le plus grand nombre d'entre elles en un titre de distinction de classe. « La pratique détaillée, dit-il, ne peut s'acquérir que par l'expérience, par le séjour dans les hôpitaux, par la présence dans les salles où l'on souffre ». Nous pensons que ces Sociétés militaires devraient être ouvertes à toutes les femmes qui présenteraient un certificat ou diplôme d'infirmière. Cette condition aurait deux avantages : démocratiser les Sociétés de dames ambulancières et garantir soit l'Etat, soit le public, de leurs capacités et de leurs bons services en cas d'épidémie ou de guerre. En même temps, toutes ces femmes seraient d'un grand secours pour les familles.

« 3° Les besoins pour les familles comportent en effet un personnel très nombreux : en Angleterre, on compte une garde-malade pour quinze cents habitants. L'on voit par là combien nous sommes éloignés du but à atteindre, car si les villes sont favorisées par l'assistance que leur procure certaines congrégations, les campagnes en sont complètement dépourvues.

« Pour assurer le service, les gardes-malades laïques devront compter sur la concurrence des infirmières congréganistes tant que leurs ordres seront autorisés.

« Il est à craindre que cette concurrence ne nous cause de grandes déceptions, surtout dans les communes rurales.

« Quoi qu'il en soit, pour pourvoir à tous les besoins des familles nous pouvons mesurer d'avance tout l'effort qu'il y a à faire.

« Cependant, est-ce trop demander que vouloir introduire la garde-malade dans les taudis où elle peut rendre de si grands services ? Et ceci peut se faire à l'aide des Sociétés de secours mutuels et d'assistance privée.

« Est-ce trop demander que vouloir doter nos campagnes de bonnes gardes-malades qui appelées de suite sauront imposer la visite du médecin et éviter bien des morts prématurées, qui par leurs connaissances et leur autorité morale, transformeront progressivement les conditions d'hygiène dans lesquelles vivent nos braves paysans ?

« Est-ce trop demander que de vouloir confier notre existence .à des femmes qui, par leur dévouement, par la
science et la pratique de leur profession, par leur douceur
et leur bonne éducation, nous aiderons à recouvrer la santé
ou à supporter courageusement les dernières épreuves de
la vie ? Est-ce trop demander que chercher à combattre la
dépopulation de nos campagnes et à favoriser d'une manière générale l'accroissement de notre population française en diminuant la mortalité et peut-être en augmentant
la natalité. Est-ce trop demander enfin que vouloir offrir à
nos jeunes filles une nouvelle carrière lucrative et surtout
honorable ?

« Eh bien ! pour satisfaire tous ces besoins, nous pré-
tendons qu'il y a lieu de créer des écoles professionnelles
dans tous les centres importants, notamment dans les villes
qui ont une Faculté de médecine ; ces écoles auraient pour
but de faire des gardes-malades de carrière. Dans le
Plateau Central précisément, nous sommes à la veille d'en
avoir une, le Conseil général du Puy-de-Dôme ayant étudié
la question à la session d'août 1903. Mais cela ne saurait
suffire ; comparons en effet l'Angleterre qui compte actuellement 600 écoles de nurses. Aussi nous croyons qu'il
faut ouvrir nos principaux hôpitaux départementaux à
toutes les personnes qui veulent s'initier à cet art si difficile
de soigner les malades ; il faut, a-t-on dit, instituer des
écoles pratiques de gardes-malades dans tous les hôpitaux.
C'est en effet dans l'hôpital, au chevet des malades et par
les explications complémentaires des infirmiers diplômés et
expérimentés que se fera réellement et sérieusement l'instruction professionnelle des gardes-malades. Il faut mettre
entre leurs mains des manuels pratiques. Si l'internement
dans l'hôpital n'est pas possible, il faut tout au moins les y
laisser prendre leurs repas et leur réserver des salles communes pour les moments de loisir.

« A cet enseignement pratique, les médecins atta-
chés aux hôpitaux ou d'autres, au besoin, ajouteront
quelques notions scientifiques sur l'hygiène et la médecine
usuelle.

« Ces écoles pratiques de gardes-malades dans les hôpitaux, formeront des élèves pour les écoles professionnelles
régionales, où la scolarité aura une durée moindre et sera
par suite moins dispendieuse pour les familles de ces jeunes
filles. Elles pourront délivrer un certificat qui permettrait
aux titulaires de rentrer dans le service des ambulances en

temps de guerre et d'offrir certaines garanties aux familles qui voudraient les employer.

« Que coûterait leur installation ? Une somme insignifiante, mais elle demanderait une organisation intérieure pour assurer le bon ordre et l'efficacité de cet enseignement pratique. Rien de plus facile que cette organisation. On a d'ailleurs aujourd'hui en France, des hôpitaux qui peuvent donner tous les renseignements. Il suffit de vouloir.

« Mais nous avons à combattre des préjugés. Nous avons à apprendre au grand public cette vérité très bien démontrée que le dévouement et les sentiments humanitaires sont au fond de toute âme française, qu'elle soit recouverte par la robe de bure ou la robe de soie, par la cornette ou le ruban. Malheureusement, c'est une œuvre de longue haleine qui risque de prolonger indéfiniment notre attente de voir se réaliser cette réforme si essentielle dans un pays d'égalité et de sentimentalisme comme le nôtre. On s'est alors demandé si pour hâter la fondation de ces institutions, l ne fallait pas faire appel à l'intervention de l'Etat. Assurément, l'Etat lui-même intéressé à cette réforme. ne peut s'en désintéresser. Mais quel doit être son rôle ? Eh bien ' nous hésitons beaucoup à nous adresser au législateur, pour une organisation qui dans tous les pays, est déjà un fait accompli et se trouve être l'œuvre de l'initiative privée. Des subventions pour encourager les créations, voilà tout ce que nous exigerions de lui. En revanche, nous ne craignons pas de dire que les gouvernements qui se sont succédés jusqu'ici n'ont pas assez fait pour cette réforme et qu'il appartiendra au Ministère de l Intérieur, dont ressortit l'assistance publique, de seconder, bien mieux, de pousser avec une énergique persévérance, les assemblées électives locales à laïciser cette fonction sociale. Nous trouvons bien deux circulaires en dates des 17 juillet 1899 et 28 octobre 1902 qui désirent appliquer le vœu émis par le Conseil supérieur de l'Assistance publique en mars 1899. Nous voudrions plus encore; en quelque sorte un ordre formel aux Préfets. Sans conteste, ceux-ci doivent être les agents vigilants de cette organisation, ils ont le pouvoir de saisir, à volonté, les assemblées départementales de toutes propositions qu'ils jugent nécessaire de soumettre à leur délibération, qu'ils s'en servent.

« L'autorité qu'ils tiennent de leur haute fonction,

eur indépendance vis-à-vis de leurs administrés ne sauraient être employés à une cause plus démocratique, plus républicaine. plus humanitaire. L'on ne peut pas nier que dans beaucoup de départements, cet appui nous est nécessaire ; aussi, le jour où l'on saura qu'ils ont reçu des ordres précis, formels de nous le prêter, chaque Atelier aura le devoir de l'exiger.

« Peut-être trouvera-t-on que nous accordons une trop grande confiance en la diligence des Préfets pour réaliser cette réforme. Sans doute, ces fonctionuaires aux opinions quelquefois flottantes. cherchent souvent à concilier l'inconciliable et pour cela oublient leurs devoirs envers la République et les républicains qu'ils sont chargés de soutenir dans leurs départements.

« Mais à qui devons-nous reprocher cette faiblesse, cette trahison, si ce n'est à nous-même, surtout quand un gouvernement se montre résolument réformateur et républicain.

« Telle est l'œuvre à laquelle nous vous prions de vous intéresser. Elle doit être complétée par nos compagnes, quien constituant auprès de nos hôpitaux, hospices et orphelinats, des Sociétés de dames visiteuses pour orner les salles, consoler les malades et apport r à ces pauvres déshérités les secours de leurs tendresses maternelles.

« En vous proposant la discussion de cette question, nous avons pensé que la F∴-M∴ serait heureuse et fière d'apporter tout son concours à cette œuvre humanitaire de l'assistance auprès des malades, des déshérités et qu'elle trouverait dans l'organisation de ce service social une excellente occasion d'affirmer son respect de la vie humaine et sa volonté d'assurer à chacun la liberté de conscience. »

Le F∴ L∴, de Clermont :

Je demande que l'on ajoute au vœu la laïcisation du service d'infirmerie des écoles et hôpitaux militaires.

La proposition de la Loge *Le Réveil Anicien*, avec l'addition proposée par le F∴ L∴, est mise aux voix et adoptée à l'unanimité.

Le F∴ Courbier demande de lever la séance et de renvoyer la continuation de la discussion de l'ordre du jour à demain et propose aux membres du Congrès de se réunir à 9 h. 30 du matin.

Cette proposition est adoptée.

Le F∴ Massé fait remarquer que l'on a oublié de fixer la date du Congrès de 1905.

Après plusieurs observations, le Congrès est fixé aux vacances de Pâques avec l'assentiment de tous les membres du C ngrès.

La séance est levée à six heures du soir.

A huit heures, un banquet réunissait les membres du Congrès et nombre de Maç∴ de la région du Centre, dans la salle du Gymnase municipal. La plus franche cordialité n'a cessé de régner au cours de cette réunion fraternelle.

Séance du Dimanche matin
10 AVRIL

La séance est ouverte à 9 heures 1|2, sous la présidence du F∴ Courbier.

La parole est donnée aussitôt au F∴ L∴, de la L∴ *Les Enfants de Gergovie*, rapporteur de la Commission des réformes militaires

Le Fr∴ L∴, trace le tableau saisissant de l'armée cléricale telle qu'el e est aujourd'hui, il montre par des exemples, tous d'ailleurs relatés dans la brochure distribuee aux Congressistes, la nécessité de la réduction des charges militaires qui peut être obtenue par la diminution des périodes d'instruction de la Réserve active, la suppression des périodes de l'Armée territoriale, la création de Sociétés de Tir cantonales. Il indique les mesures à prendre pour réprimer les gaspillages des deniers publics, l'aristocratisation et la cléricalisation de l'armée de la République. (1)

La discussion a lieu articles par articles sur les vœux exprimés :

SUPPRESSION DES PÉRIODES D'INSTRUCTION DE L'ACTIVE ET DE LA TERRITORIALE

F∴ L∴ — Si vous voulez bien remarquer que la loi de

---

(1) Lire la brochure éditée par la Lege *Les Enfants de Gergovie*, Or∴ de Clermont, *Réduction des Charges Militaires*.

1872 ne donnait que 9 classes disponibles, la loi de 1889 en donne 13, soit plus de 2 millions d'hommes. Il semble que 2 millions d'hommes suffisent au premier besoin. On ne les mettrait pas dans une poche (rires), par conséquent, on aurait le temps d'organiser la territoriale nécessaire.

« Les périodes d'instruction de l'armée territoriale sont absolument inutiles. La seule instruction qui puisse être utile aux soldats de la territoriale, c'est la pratique du tir.

« Cette pratique du tir leur serait mieux donnée dans les sociétés de tir cantonales durant des périodes d'instruction. Au régiment, cette partie importante de l'instruction est absolument négligée, ces périodes revenant de loin en loin ne produisent absolument rien. Au contraire, avec l'organisation de sociétés cantonales, on peut obliger chaque citoyen à un certain nombre de tirs. cela ne ferait pas grand dérangement pour lui, puisque le champ de tir serait à sa portée. Ce serait une cause de rapprochement des citoyens.

« Ces Sociétés cantonales de tir ont encore un autre avantage : c'est l'acheminement vers les milices nationales ; l'organisation des milices nationales vers laquelle toute nation démocratique doit chercher à aboutir. Elle constituerait comme une sorte de cadre, cette milice, petit à petit où l'armée active peut arriver, je pense, sans inconvénient, car il faut nous défendre de cette idée de vouloir détruire, de cette accusation plutôt, qu'avec tant d'hypocrisie on nous jette à la face, de vouloir détruire la France, sa puissance militaire. Au contraire, nous voulons la renforcer, la rendre plus forte, plus puissante.

« C'est pour cela que nous voulons lui donner une armée en communion d'idées avec la nation elle-même, une armée qui n'y soit pas hostile, une armée qui défendra ses institutions et son territoire. (Applaudissements.)

« Donc, je vous propose d'adopter le vœu consistant à réduire à 16 jours la période de la réserve active et de supprimer complètement la période de la territoriale, en la remplaçant par un tir ou deux tirs qu'on exécutera dans les sociétés cantonales de tir.

F.˙. Courbier. — Voici le paragraphe I du vœu soumis par *Les Enfants de Gergovie*.

La Loge *Les Enfants de Gergovie* émet le vœu suivant :

1° a) Qu'à l'avenir les grandes manœuvres ne comprennent plus que des manœuvres d'armée contre armée et ne seraient exécutées que tous les trois ou deux ans, le territoire de la

République étant, à cet effet, divisé en trois ou deux zones, une seule zone manœuvrant chaque année ;

Adopté à l'unanimité.

2° Vœu.

b) Que les troupes étant transportées par chemin de fer, les périodes d'instruction de la réserve soient réduites au maximum de seize jours.

F∴ G∴, de Châteauroux. Pour les périodes d'instruction des réservistes, il est absolument nécessaire que les manœuvres de concentration s'opèrent par chemins de fer.

« Ainsi l'année dernière, dans le 9° corps d'armée, nous avons exécuté 22 jours de manœuvre pour manœuvrer pendant 5 jours. Nous avons eu des réservistes qui ont été appelés pour une période de 28 jours et qui ont passé les 28 jours à faire des marches absolument inutiles. On aurait pu faire en 6 jours toutes les manœuvres qu'on a opéré en 28 jours, si la concentration s'était faite par chemin de fer.

Les dépenses n'auraient été nullement augmentées. Par conséquent si la concentration des manœuvres de corps s'opère par chemin de fer, on pourrait réduire de moitié au moins l'appel des réservistes en temps de paix.

F∴ Courbier. — Quelqu'un demande-t-il la parole ?

Le vœu est adopté à l'unanimité.

Le F∴ Courbier met en discussion les 2 § suivants dont il donne lecture :

§ 1. — 2° Que les périodes d'instruction de l'armée territoriale complétement supprimées soient remplacées par deux tirs exécutés chaque année dans une société de tir régionale par les hommes appartenant à cette armée ;

§ 2. — Qu'il soit créé dans chaque canton ou pour deux cantons une société de tir qui, subventionnée par l'État, pourvue des armes de guerre nécessaires, recevrait également les cartouches nécessaires au tir des hommes de la réserve et de l'armée territoriale inscrits sur les contrôles. Les cartouches d'économie restant en fin d'année dans les corps de l'armée active, étant également attribuées gratuitement aux sociétés de tir de la subdivision de ce régiment.

F∴ X. — Je demanderai que le § 2 soit modifié ; il faut d'abord commencer par créer les sociétés de tirs régionales. Ensuite on ajoutera, au-dessous dans un autre paragraphe, la création dans chaque canton de sociétés de tir, sinon la suppression des 13 jours trouvera un obstacle devant les Chambres.

F∴ Courbier. — Si je comprends bien la motion pré•

sentée par notre F∴, il nous exprime la crainte de voir repousser la suppression des 13 jours tant qu'on n'aura pas créé dans chaque canton des sociétés civiles de tir.

F∴ L∴, rapporteur.—Il faut supprimer la période dite territoriale, absolument. C'est avec les économies que vous ferez que vous pourrez subventionner les sociétés de tir. Vous vous trouvez en présence d'une impossibilité materielle, si vous ne décidez pas la suppression de la période territoriale On objectera, nous n'avons pas le sou et où trouverez-vous des cartouches ? Nos économies. Nous demandons que les cartouches qui sont tirées par les territoriaux dans leur période soient affectées g atuitement aux sociétés de tir.

Vous vous trouvez en face d'une objection budgétaire et vous nous dites : il faut de l'argent pour organiser cette société? L'argent ? c'est l'économie que vous réaliserez sur la suppression des périodes; les cartouches? Sur les cartouches que vous allouez aux réservistes et aux territoriaux convoqués.

F∴ T∴, de Clermont. — Je demande que les périodes d'instruction soient complétement supprimées. Dès la suppression de ces périodes il sera créé dans chaque canton des sociétés de tir.

F∴ Courbier. — Nous avons lu avec intérêt les brochures qui nous ont été adressées. Nous avons appris avec stupéfaction que l'on était obligé de brûler les cartouches pour épuiser les crédits.

On sait donc en trouver des cartouches? par les sociétés de tir elles ne seront plus brûlées inutilement.

Mes FF∴, nous pouvons diviser le deuxième vœu de la Loge *Les Enfants de Gergovie* de la façon suivante :

« ..... que la période d'instruction de l'armée territoriale soit complétement supprimée » et ensuite, nous voterons un deuxième paragraphe, nous dirons qu'il sera créé des sociétés civile de tir, etc.

Vcte sur paragraphe I. Adopté à l'unanimité. Un F∴ demande l'adjonction suivante :

« Que ces périodes d'instruction étant supprimées, soient remplacées par deux tirs exécutés chaque année dans une société civile, suivant l'expression de notre F∴ L∴, une société de tir régionale, par les hommes appartenant à ces armées, ensuite qu'il soit créé dans chaque canton.....

F∴ Cl. de Montluçon.—Si ces tirs sont obligatoires, ce n'est pas une période de 13 jours, c'est une période perpétuelle.

F∴ Courbier. — Présentez-vous une motion ou discutez-vous la proposition ?

Le F∴ retire sa demande d'adjonction.

F∴ Courbier. — Je vous propose de voter purement et simplement la motion proposée par les *Enfants de Gergovie*, qui reste seule en discussion.

Adopté à l'unanimité.

Le vœu mis aux voix dans son ensemble, est adopté à l'unanimité.

MODIFICATIONS À APPORTER DANS LA DATE D'INCORPORATION DES CONTINGENTS

F∴ L∴, rapporteur. — C'est à la fois une question d'humanité et d'ordre militaire. On a maintenu l'incorporation au mois d'octobre, au mois de novembre, des jeunes soldats. C'est absolument suranné. Nos généraux en sont encore à se croire à l'époque où sous Louis XIV, les chefs allaient faire leur cour au roi, les troupes prenaient leurs quartiers d'hiver. Cependant, sous la royauté, même à cette époque, il y a des campagnes d'hiver. La campagne de Turenne a produit des résultats et c'était une campagne d'ihver ; c'est ainsi qu'il a surpris les impériaux dans leurs quartiers. Il n'est pas absolument certain que la guerre éclatera au printemps. Je crois que les campagnes d'hiver sont incontestablement plus dures que les campagnes d'été ; il faut présenter des troupes plus solides, plus exercées. Si vous les incorporez au mois d'octobre, comme la loi en discussion le propose, que vous ayez une mobilisation en janvier, vos contingents seront un embarras pour vous. Ce sont des jeunes gens non entraînés qui subiront des déchets considérables. Au contraire, incorporez-les à la bonne époque, ils sont tous prêts, tous formés au moment le plus dur, pendant l'hiver. Vous avez tout intérêt à incorporer les recrues au printemps.

« Mais une autre question d'ordre militaire également : l'instruction détaillée, vous le savez, se donne dans la cour du quartier, ou dans les chambres.

« Au point de vue sanitaire, cette agglomération de jeunes hommes dans un espace restreint ou dans des locaux pendant des journées entières, c'est la mort, c'est pour cela que nous avons une mortalité si grande, c'est pour cela que la caserne prend tant de vies humaines.

« Si vous avez perdu un frère, un ami à la caserne, dites-vous que vous ne l'auriez pas perdu s'il avait été incorporé à la bonne saison, au printemps, dites-vous que vous l'auriez encore.

« Au point de vue militaire, comme au point de vue sanitaire, je crois que l'incorporation au printemps, se justifie pleinement. C'est par une idée surannée, qu'on maintient la date actuelle parce que cette idée que la guerre éclatera au printemps.

A l'unanimité, les vœux suivants sont adoptés :

1° Que la date d'incorporation des recrues soit fixée au printemps, du 15 au 20 mars au lieu du 1er octobre, ainsi que le comporte la loi votée par le Sénat et actuellement en discussion à la Chambre des Députés ;

2° Qu'afin d'éviter l'agglomération des hommes dans les chambres, où ils couchent, durant les journées de mauvais temps, il soit créé dans chaque quartier de grands hangards fermés, pour servir aux exercices, théories, etc., et même comme réfectoires.

RÉORGANISATION DES CADRES

F∴ L∴ rapporteur. — Vous connaissez l'emploi qu'on fait des ressources mises par le pays à la disposition de l'autorité militaire.

« Je vais vous citer un exemple qui s'est produit dans mon régiment.

« Cette année, nous avions environ 110.000 cartouches d'économie. Le colonel, au mois de novembre, donne l'ordre de brûler toutes les cartouches. Donc, nous avons gaspillé 110.000 cartouches inutilement. Ne croyez pas que nous sommes l'exception, nous sommes la généralité, et quand une société de tir demande des cartouches, l'autorité militaire déclare qu'elle n'a pas de crédit.

« A côté de ce gaspillage, il y a encore le même gaspillage pour les crédits de manœuvre. Vous savez qu'on alloue aux généraux une certaine somme, une vingtaine de mille francs, pour les manœuvres. Chaque année en novembre, uniquement pour épuiser les crédits disponibles, on exécute des manœuvres de 2, 3 ou 4 jours, suivant l'argent à dépenser.

« Ces manœuvres ne se terminent jamais sans maladies graves, mortelles ; elles coûtent à la France bien des vies humaines, de pauvres enfants que la famille envoie à la caserne, bien de ces pauvres enfants restent là.

« Ces chefs sont toujours d'accord avec la réaction.

« Ces généraux qui arrivent à des soldes de 19.000 fr.

à des frais de représentation de 14.500 francs, qui profitent encore de 7 à 8.000 francs d'indemnités diverses, arrivent à des traitements de 40.000 francs, ces chefs n'ont pas le moindre souci des intérêts de leurs inférieurs, des petits ; ils envoient dans les instructions, des sous-officiers auxquels on n'accorde aucune indemnité. Un sous-officier marié qu'est envoyé n'a rien, le général qui va le visiter reçoit en dehors de ses chemins de fer, car il a une carte de circulation, il reçoit 24 fr. par jour pour visiter un pauvre malheureux qu'il condamne à la misère.

« On refuse les crédits demandés que nous avons relatés par ailleurs pour l'amélioration des traitements des instituteurs, on condamne le facteur des postes à faire des parcours impossibles parce qu'on ne peut leur dédoubler leur emploi et vous voyez des gaspillages effrénées comme ceux-ci.

« On croit non seulement que les crédits alloués sont des crédits qu'on est forcé d'atteindre, mais on oublie que ce ne sont que des prévisions de dépenses pouvant être dépensées mais qui ne doivent pas être dépensées obligatoirement, car chaque année, les crédits arrêtés au premier octobre fin de l'année militaire, devraient être contrôlées parce qu'il ne faut pas trop s'en rapporter aux dires.

« Vous voyez que nous ne ménageons personne.

F∴ M∴ de Montluçon. — Il y aurait peut-être avantage à modifier l'année militaire, au lieu de mettre premier octobre, de mettre à la fin de l'année militaire, remplacer au premier octobre par à la fin de l'année militaire.

F∴ B∴, de Bourges. — Cela donnera lieu à contestations.

Le ministre fixera lui-même par une circulaire.

F∴ G∴, de Châteauroux. — On pourrait mettre à l'issue des manœuvres d'automne.

F∴ Courbier. — Quelqu'un demande-t-il la parole sur cette modification ; le F∴ rapporteur me dit ne voir aucun empêchement à cette rédaction ?

Je mets aux voix le paragraphe I du vœu ainsi modifié :

§ I. Que chaque année les crédits. simples prévisions de dépenses, accordés pour manœuvres, tirs, etc., soient arrêtés à l'issue des manœuvres d'automne, fin de l'année militaire, et qu'après cette date, aucune dépense de cette nature ne puisse être engagée sans l'autorisation spéciale du ministre.

Adopté à l'unanimité.

Le paragraphe 2 ainsi conçu est adopté à l'unanimité.

2° Que tout chef militaire, fonctionnaire civil ou militaire, qui aura autorisé, prescrit ou toléré des dépenses de cette nature, soit tenu à remboursement et privé de son commandement ou de sa fonction.

F∴ B∴, de Châteauroux. — Je demande qu'on ajoute au paragraphe 3 : « à conserver pour l'année suivante ».

F∴ L∴, Rapporteur. — Puisque vous avez les allocations suivantes.

F∴ B∴, de Châteauroux. — On les diminuera lorsqu'on fera la demande.

F∴ M∴, de Montluçon. — Puisqu'on la donne aux sociétés de tir, elle les économiseront si elles le veulent.

F∴ Courbier. — J'entends une réflexion qui me paraît just^ : il ne faudrait pas remplacer le gaspillage de l'armée par le gaspillage des sociétés de tir.

Le paragraphe 3 ainsi modifié est adopté à l'unanimité.

§ 3. Que les cartouches non consommées au 1er Octobre soient réparties entre les sociétés de tir de la région ou conservées pour l'année suivante.

Le Délégué de la Loge les *Philanthropes Arvernes* de Clermont a la parole pour exposer les vues de cette Loge sur la question au point de vue anti-clérical, il développe l'avis de l'At∴ qui l'a délégué. (1)

Après avoir exposé la situation morale et l'état d'esprit des corps d'officiers, le F∴ L∴ indique les moyens à employer pour soustra re l'armée aux influences cléricales.

Ces moyens à employer sont de deux sortes.

1° Mesures du moment, à effets immédiats.

2° Mesures de réorganisation, à effets plus lointains.

1° MESURES DU MOMENT

1° Il faut commencer dès maintenant à épurer le haut commandement en profitant de toutes les occasions favorables pour éloigner des postes importants (inspection d'armées, commandements de Corps d'armées, de Divisions, de Brigades et de Corps de troupes) les officiers généraux ou supérieurs entachés de cléricalisme.

---

(1) Voir brochure publiée par *Les Enfants de Gergovie* et intitulée : *Moyens à employer pour soustraire l'armée aux influences cléricales.*

On ne devra confier ces postes importants qu'à des officiers sûrs, dont le loyalisme est indéniable ; tous les autres doivent être rigoureusement écartés.

2° L'avancement, les faveurs parmi lesquelles on doit comprendre les décorations militaires, doivent être donnés aux seuls officiers dont le dévouement et le respect aux institutions républicaines sont bien connus.

3° Exclusion systématique de l'Ecole de Guerre des officiers qui ont fait acte d'hostilité à l'égard des institutions, ou qui font étalage de sentiments hostiles à la République.

Cette mesure a une importance capitale si l'on veut bien songer que l'Ecole de Guerre est la pépinière des officiers de l'Etat-Major et des futurs grands chefs de l'armée ; il importe donc d'en modifier radicalement l'esprit.

4° Les officiers cléricaux devront être l'objet de mesures d'une sévérité exemplaire chaque fois qu'ils sortiront de la neutralité la plus stricte, et qu'ils ne se soumettront pas aux Lois qui déterminent les rapports de l'armée avec le pouvoir civil dont la suprématie doit être incontestée.

5° Le Ministre de la Guerre devra toujours être *un civil*.

2° MESURES DE RÉORGANISATION

D'autres mesures s'imposent, mais celles-là ne feront sentir leurs effets qu'à plus longue échéance ; ce sont des mesures de réorganisation.

Parmi celles-là, nous mettrons en première ligne, la suppression des tables d'officiers, la fermeture des Cercles Militaires, et la modification de la Loi sur le Recrutement des officiers.

Le F∴ L∴, rapporteur, expose la question de la démocratisation des cadres de l'armée et les réformes à apporter dans l'Administration, la Législation et les Règlements militaires (1).

Le F∴ rapporteur constate que l'armée est, par ses cadres, entièrement soumise à la Congrégation.

Toujours prêts à faire fusiller ou à sabrer des ouvriers en grève, quantité d'officiers et même de sous-officiers n'obéiraient qu'à regret, quand ils obéiraient, lorsqu'il s'agirait d'imposer le respect de la loi aux sans-patrie, aux internationalistes de l'Eglise universelle, Papistes avant

---

(1) Voir la brochure publiée par la Loge *Les Enfants de Gergovie* et intitulée *Démocratisation des cadres de l'armée*.

d'être Français, comme les Jésuites qui les ont formés ou soumis, c'est à Rome et non à Paris qu'ils prennent leur mot d'ordre.

Les commandements, les états-majors, les bureaux et directions du ministère de la Guerre, tous les postes importants de l'armée républicaine sont soumis à la Congrégation... qui, depuis trente ans, a su fournir aux écoles militaires, grandes écoles et écoles de sous-officiers, la plus grande partie de leurs élèves appartenant presque tous à des familles influentes.

C'est ainsi que le faisait récemment remarquer un journal républicain, que l'artillerie, qui autrefois était renommée pour ses sentiments démocratiques, est aujourd'hui passée au cléricalisme le plus ardent. « La presque « totalité des polytechniciens provenant des Jésuites, sort, « disait-il, dans l'artillerie, en vertu d'un mot d'ordre, sans doute ».

Des mesures énergiques, immédiates, s'imposent, car tout jour de retard apporté dans cette œuvre d'épuration accroît l'influence des ennemis de la République sur l'armée républicaine.

La R∴ L∴ *Les Enfants de Gergovie* a soumis à l'appréciation du Congrès des LL∴ du Centre les questions qu'elle a étudiées, les propositions qu'elle a faites, les vœux qu'elle a formulés, en vue d'arriver le plus rapidement possible, à la démocratisation des cadres de l'armée et à la suppression des abus si nombreux qui existent encore dans l'armée républicaine.

Après cet exposé, l'Assemblée passe à la discussion des vœux émis :

RÉFORME DE LA LOI DU 19 MAI 1834, SUR L'ÉTAT DES

OFFICIERS

F∴ L∴, *rapporteur*. — La loi de 1834, mes FF∴, a été violemment attaquée. On a attribué à cette loi la faiblesse dans la répression des actes auxquels vous avez assisté.

La modification que nous vous proposons, est celle-ci :

C'est que l'officier en non activité, qu'il soit privé de son emploi par mesure disciplinaire ou par une cause indépendante de sa volonté, telle que l'infirmité temporaire, est toujours en non activité ; au contraire, le général conserve la solde entière pendant 6 mois et conserve les droits au commandement.

Les vœux suivants émis par la Loge : *Les Enfants de Gergovie* sont adoptés à l'unanimité :

La Loge.·. *Les Enfants de Gergovie* invite : 1° le Gouvernement à user à l'égard des officiers dont l'attitude est un danger pour la République, des droits que lui confèrent les articles 6 et 14 de la loi du 19 mai 1834 :

2° Emet le vœu que les articles 3, 5, 15, 16 et 18 de la loi du 19 mai 1834 sur l'état des officiers, soient ainsi modifiés :

ART. 3. — L'activité... etc., comme actuellement.

La disponibilité est la position de l'officier privé de son emploi par suite de : licenciement de corps, suppression d'emploi, rentrée de captivité, lorsque l'officier prisonnier de guerre a été remplacé dans son emploi, infirmités temporaires.

ART. 4. — La non-activité est la position de l'officier privé de son emploi par mesures disciplinaires.

ART. 5. — L'officier en activité ne peut être mis en non-activité que par retrait ou suspension d'emploi.

ART. 15. — La solde d'activité, etc.......................

La solde de disponibilité est égale pendant les six premiers mois aux trois quarts et après, aux trois cinquièmes de la solde d'activité dégagée de tous accessoires.

ART. 16. — La solde de non-activité est égale aux deux cinquièmes de la solde d'activité dégagée de tous accessoires.

ART. 18. — Ajouter : l'officier réformé pourra être admis à recevoir, en remplacement de sa solde ou de sa pension de retraite, un capital dont le montant sera à déterminer suivant un tarif à établir par un règlement d'administration publique.

3° Qu'afin d'éviter toute équivoque, que la devise *Discipline et soumission aux lois* que portaient les drapeaux des armées de la Révolution, soit inscrite sur les drapeaux de l'armée et que les officiers prennent l'engagement d'honneur de servir la République et d'assurer l'exécution des lois.

Cette loi est très bonne ; il faut la maintenir, avec des modifications, cependant.

La loi de 1834 garantit la situation de l'officier. Il est certain que ce n'est pas au moment où de tous côtés, on réclame pour le fonctionnaire, on réclame pour l'employé de l'Etat, on réclame pour tous une loi de garantie, ce n'est pas à ce moment qu'il faut supprimer la garantie accordée aux officiers. Il y a inconvénient grave, le jour où ils ne sont pas assurés du lendemain ; ils sont disposés à se jeter dans les bras du premier prétendant venu, ils défendront leur pain, parce que tous ne sont pas millionnaires.

La loi de 1834, ainsi que vous pouvez le voir, donne au ministre le droit de mettre un officier en non-activité, ou le mettre d'office à la retraite, suivant qu'il a ou n'a pas 30 ans de service. Le ministre a ce droit et si, pour les officiers indisciplinés, il ne le fait pas, il ne faut pas nous en prendre à la loi, mais à un ministre qui est républicain dans ses paroles, et semble réactionnaire dans ses actes.

Le ministre, dans les incidents qui se sont produits, vient de déplacer des officiers ; toute la clique cléricale s'agenouillera devant eux et leur fera une propagande.

L'officier mis en non-activité ne touche que les 2/5 de sa solde ; il ne peut rien faire, et par suite, ne peut vivre, à moins d'être millionnaire ou tout au moins fortuné ; il perd ses droits à l'avancement.

RECRUTEMENT ET AVANCEMENT DES OFFICIERS

Une discussion très intéressante a lieu entre le F∴ rapporteur et plusieurs FF∴ membres du Congrès et le vœu suivant est adopté à l'unanimité :

En temps de paix :

1° Nul ne pourra être nommé sous-lieutenant s'il n'a servi au moins une année dans la troupe avec séjour dans un camp d'instruction et n'a suivi pendant deux ans les cours d'une école militaire ;

2° L'examen d'admission à l'école militaire précède le passage dans la troupe, le candidat admis doit aussitôt contracter un engagement de cinq ans ;

Les sous-officiers admis aux épreuve du concours prennent part, au camp et à l'école militaire, aux travaux et aux études des élèves admis avant leur entrée au régiment ;

3° Il est créé un cadre d'officiers comptables des corps de troupe, se recrutant uniquement parmi les sous-officiers, sans passage par une école militaire ;

4° L'avancement des officiers a lieu à l'ancienneté, d'après une liste établie par grade et par arme ;

5° Les officiers pourvus du brevet des hautes études militaires, seront inscrits sur les listes d'ancienneté, et nommés d'après le rang que leur donnera cette inscription avec une majoration d'ancienneté égale au tiers de l'ancienneté au 1er janvier, du plus ancien officier de leur grade dans leur arme ;

Le nombre des officiers admis au brevet ne devra pas excéder 50 par an ;

6° Le ministre pourra accorder le caractère et les avantages attribués aux officiers brevetés, aux officiers qui lui auront été signalés comme étant dignes de cette faveur. La caractérisation ne sera valable que pour un grade à la fois, mais pourra être renouvelée plusieurs fois au même officier ;

Le nombre des caractérisés ne devra pas excéder 50 par an ;

7° L'officier jugé incapable d'être promu à son tour d'ancienneté devra être traduit devant un Conseil d'enquête. Il en sera prévenu au moins trois mois à l'avance et pourra se faire assister par un officier d'un grade égal ou supérieur au sien et réclamer l'audition des témoins qu'il jugerait utile à la défense de ses intérêts. Tous les rapports, pièces du dossier devront lui être communiqués ;

8° L'école de guerre est supprimée, elle sera remplacée par une école des hautes études militaires ;

Des écoles d'application, d'état major, d'artillerie, de cavalerie, de génie et d'infanterie seront créées ;

9° Les officiers actuellement brevetés seront considérés comme sortis de l'école d'état major ;

Ceux qui voudront s'assurer les avantages conférés par le brevet des hautes études militaires devront subir de nouvelles épreuves qui seront déterminées par un règlement d'administration publique.

Le F∴ L∴, rapporteur, développe le vœu suivant et indique les motifs qui militent en faveur de son adoption :

1° Les pensions, mess, cercles, sont supprimés, ainsi que toutes les prescriptions concernant les dettes des officiers, qui, à cet égard seront soumis aux règles du droit commun.

2° Toutes cotisations, pour quelque motif que ce soit : bibliothèques, breacks, fêtes de régiment, etc. sont absolument interdites. Il ne pourra en être fait que temporairement et sur autorisation spéciale du ministre.

3° Toutes les prescriptions concernant le mariage des officiers sont abrogées. Dans les 15 jours qui suivront la célébration du mariage, l'officier adressera au ministre un extrait de son acte de mariage auquel il joindra l'acte de naissance de sa femme.

4° Le droit de voter est rendu à l'officier qui est éligible dans les conseils communaux et départementaux.

Le F∴ X∴, délégué de Tours, s'étonne que l'on propose de limiter le droit d'éligibilité pour l'officier aux Conseils communaux et départementaux. Il demande la suppression de cette restriction. Le F∴ R∴ demande la suppression pure et simple du 4ᵐᵉ § du vœu.

Le F∴ M∴, de Montluçon, soutient le vœu. Il voudrait que dorénavant, l'officier puisse manifester son opinion, ainsi d'ailleurs que le soldat. Pourquoi empêche-t-on la troupe de voter, dit-il, alors que ce droit est donné aux congréganistes. On objectera que le corps d'officiers influera sur le vote de la troupe. Or, on peut décider que pour le soldat, le vote par correspondance sera adm·s, ce qui permettra au soldat de voter dans la commune où il habite, tandis que l'officier votera dans le lieu où il tiendra garrison. Il croit que de cette façon. l'influence de l'officier sur le soldat, serait à peu près nulle.

Le F∴ L∴, rapporteur. soutient également le vœu.

L'officier, de par sa fonction, est écarté de la vie nationale et ne jouit pas de ses droits politiques. En lui donnant ce droit, vous le mettez en contact plus direct avec la nation.

Il semble impossible au F∴ Massé, d'envisager la possibilité de donner le droit de vote à l'officiersans en faire bénéficier également le soldat. Il n'y a pas davantage de raison de limiter ce droit de vote aux Conseils départementaux et communaux. Il faudrait donc donner aux troupes le droit de vote général. Cette décision ne serait pas sans entraîner avec elle de graves inconvénients. Quoi qu'on en dise, la troupe serait à la merci de l'officier. Le vote par correspondance, préconisé par le F∴ M∴, ne serait pas à l'abri de la pression de l'officier.

Par la promesse de permissions, d'exemptions de corvées, et d'avancement, l'officier réussit bien aujourd'hui, à envoyer le soldat à la messe et dans les cercles catholiques, il fera bien davantage agir son influence dans une question de choix de candidat. On pourrait à la rigueur envisager cette réforme comme possible quand l'armée sera entièrement démocratisée et quand elle aura les mêmes sentiments républicains que la nation dont elle émane, mais d'ici là, d'ici que cette démocratisation soit un fait accompli, il est nécessaire de conserver le *statu quo*.

Le Fr∴ G∴, de Châteauroux, est du même avis que le F∴ Massé et appuie pour le maintien du *statu quo*. Il cite comme exemple de l'influence de l'officier sur le soldat, le fait d'un ordonnance de religion protestante, abjurant cette religion et se faisant baptiser sous la menace de perdre sa place.

Le F∴ Tr∴ de Clermont, défend le vœu et appuie les conclusions de l'At∴ les *Enfants de Gergovie*. L'officier, dit-il, passe sa vie sous les drapeaux, tandis que le soldat n'y passe que deux ans. Il ne voit pas que le fait d'accorder le droit de vote à 25.000 officiers, sans le donner aux soldats, soit de nature à compromettre les intérêts vitaux de la République, quand bien même tout le corps d'officiers aurait des sentiments réactionnaires.

Le F∴ Massé répond aux arguments invoqués par le F∴ Tr∴.

On nous dit que l'officier passe sa vie sous les drapeaux, tandis que le soldat n'y reste que 2 ans. dit le F∴ Massé. Mais l'officier choisit volontairement cette carrière, il en connaît les avantages et les inconvénients et est libre de l'accepter s'il le veut, tandis que le soldat, lui, est forcé d'accomplir ses 2 ans de service militaire.

Le F∴ Tr∴, a nié les dangers d'accorder le droit de vote à 25.000 officiers réactionnaires, mais s'est-il bien rendu compte que la majorité républicaine, dans toute la France, n'est guère supérieure à ce chiffre ?

Le Président de la Commission des réformes militaires demande que le vœu soit retiré et réservé pour l'avenir.

Le F∴ S∴ de Bourges, déclare reprendre le vœu à son compte afin que le Congrès puisse se prononcer sur cette grave question.

Le F∴ C∴ demande si l'on ne pourrait pas voter un vœu demandant le droit de vote pour l'officier et le soldat, la Franc-Maçonnerie envisageant l'avenir, et travaillant dans ce but.

Le F∴ Massé répond que lorsque l'état d'esprit actuel existant dans l'armée aura cessé, on pourra envisager cette éventualité, et voter le vœu présenté par le F∴ C∴, mais en ce moment, il propose de repousser le 4ᵐᵉ § du vœu présenté par les *Enfants de Gergovie* et d'opposer la question préalable à la motion du F∴ C∴.

A la majorité, le § 4ᵐᵉ est repoussé ; à l'unanimité, les 3 premiers paragraphes sont adoptés ; le vœu C∴ est également repoussé à la majorité ;

Le F∴ Massé prend la Présidence de l'assemblée.

Le F∴ L∴ développe le vœu suivant, adopté à l'unani‑
mité.

1° Les traitements des légionnaires membres de l'armée,
sont supprimés ;

2° Le crédit de 9.405.000 francs, affecté à ces crédits, est
ainsi réparti, savoir :

(a) 4.000.000 de francs à allouer en secours au moment du
décès du mari ou du père :

1° A la veuve : 2 mois de la solde ou de la pension du mari,
sans que la somme puisse excéder 600 francs, et pour cha‑
que enfant vivant au moment du décès, un mois de la solde
ou de la pension, sans que la somme puisse excéder 300 fr.
par enfant, mais sans limitation du total quant au nombre
des enfants ;

2° Aux orphelins de père et de mère, un mois de la solde
du père, sans que la somme attribuée à chaque orphelin
puisse excéder 400 francs ;

(b) 1.405.000 francs à répartir en indemnités à accorder
aux officiers déplacés pour le service, dans les conditions
suivantes :

1° Pendant 5 à 8 jours suivant le cas, à la femme et à cha‑
que enfant vivant au foyer familial, l'indemnité journalière
de déplacement fixée par le tarif des frais de route pour le
mari ou le père ; pour les enfants âgés de moins de 6 ans, il
ne sera alloué qu'une demi-indemnité ;

2° Une indemnité kilométrique pour le transport de la
femme et des enfants. Cette indemnité pourra être remplacée
par un bon de transport ;

3° Une allocation supplémentaire de bagages pour chaque
enfant vivant, habitant ou non le foyer familial, à raison de
500 kilos pour les enfants de lieutenants (plus jeunes) et 600
kilos pour les enfants des capitaines, des officiers supérieurs
et des généraux ;

(c) 4 000.000 de francs en bourses dans les lycées, collèges
et autres établissements d'instruction. Ces bourses, attribuées
aux enfants des légionnaires, ne donneront lieu, comme cel‑
les provenant des économies réalisées par la suppression du
Prytanée, des écoles militaires préparatoires, des Maisons
d'éducation de la Légion d'honneur, etc., à aucun examen
d'aptitude pour les enfants âgés de moins de 17 ans. Elles
marqueraient un pas sérieux fait vers la gratuité de l'ensei‑
gnement secondaire, car les nouveaux boursiers n'imposent
que leurs dépenses propres d'entretien ; les frais généraux
restant les mêmes, que le collège ou lycée ait 600 ou 650,

même 700 élèves, ces bourses pourront être augmentées, multipliées, tout en faisant réaliser de sérieuses économies à l'État.

Les examens que subissent les candidats à la bourse ne signifient rien. Le plus souvent ils ne donnent même pas une présomption d'aptitude. Des enfants devenus, sinon des hommes remarquables, mais qui ont tout au moins admirablement réussi par la suite, n'ont sérieusement travaillé qu'à partir de 14, 15 et même 16 ans. Les fruits qui mûrissent trop vite sont rarement bons.

Cette amélioration de la situation des officiers mariés, proposée dans les diverses parties de ce rapport, permettra à l'officier de rentrer dans le droit commun. Il pourra se marier sans appréhension, suivant ses goûts.

RÉFORME DES PENSIONS DES VEUVES ET DES SECOURS

AUX ORPHELINS

Après une longue discussion, le vœu suivant est adopté à l'unanimité :

Vœu. (*Projet de loi.* — Art. 1er. — A dater de la promulgation de la présente loi, les pensions des veuves de militaires et marins, non encore inscrites au grand livre de la Dette publique, qui, aux termes de la loi du 20 juin 1878 étaient fixées au tiers de la pension d'ancienneté affectée au grade dont le mari était titulaire, seront fixées au chiffre unique de 1.200 francs :

Art. 2. — Ces pensions seront majorées par chaque enfant vivant et quel que soit son âge, d'une somme de 300 francs pour les veuves d'officiers subalternes, 350 francs pour les veuves d'officiers supérieurs, 400 francs pour les veuves d'officiers généraux ;

Art. 3. — Le secours aux orphelins sera, pour chaque orphelin, de 400 francs pour ceux des officiers subalternes, 500 francs pour ceux des officiers supérieurs et 600 francs pour ceux des officiers généraux ;

Art. 4. — Le secours aux orphelins dont le père aura été tué sur le champ de bataille ou dont la mort aura été causée par des événements de guerre ou par des accidents en service commandé sera porté à 500 francs pour chaque orphelin d'officier subalterne, 600 francs pour chaque orphelin d'officier supérieur, 700 francs pour chaque orphelin d'officier général ;

Art. 5. — Les secours aux orphelins seront payés jusqu'à leur majorité ;

Art. 6. — Des bourses entières d'internat dans les lycées, collèges, écoles de l'Etat, seront accordées aux orphelins ;

Art. 7. — Les bourses concédées en vertu de l'article précédent seront accordées sans examen et sur la simple demande de la mère ou du tuteur ; elles ne pourront être retirées que par décision présidentielle, prise sur le rapport du ministre de l'instruction publique, d'après l'avis motivé d'un conseil de discipline et lorsque tous les moyens de répression, tels que le changement d'établissement, etc., auront été employés.

Ces modifications n'entraîneront aucun supplément de dépenses pour l'Etat, les familles militaires ne dépassant pas en moyenne 2 enfants.

L'attribution de bourses sera compensée par la réduction des secours. Les boursiers, il ne faut pas l'oublier, n'imposeront que leurs frais propres d'entretien et seulement jusqu'à leur sortie du lycée, généralement avant leur majorité, et le secours complet est actuellement payé jusqu'à la morité du plus jeune.

Le F∴ L∴ fait un rapport indiquant qu'il y a lieu de réformer les Conseils de guerre et les Conseils de discipline, et expose les modifications apportées au droit de punir.

Il conclut en émettant le vœu :

1° Qu'une loi soit immédiatement votée ayant pour but :

1° Dessaisir les tribunaux militaires de la connaissance des crimes et délits de droit commun, commis par des militaires qui seront toujours justiciables des tribunaux civils ;

2° Qu'afin d'éviter toute équivoque, toutes contestations, les Conseils de guerre prennent le nom de Conseils de discipline de corps d'armée ou de 2e degré, par opposition aux Conseils de discipline des régiments ou de 1er degré, ces Conseils de discipline fonctionnant jusqu'à ce qu'il en soit statué autrement, dans les mêmes conditions que les Conseils de guerre actuels ;

3° Que la loi de sursis soit rendue applicable aux condamnations prononcées par les Conseils de discipline, pour crimes ou délits militaires ;

4° Qu'en attendant le vote d'un nouveau code de justice militaire, le minimum des peines édictées par le code de justice militaire actuel soit abaissé dans de très fortes proportions.

2°. — Que les modifications suivantes soient apportées aux différents règlements de service :

(a) Conseils de discipline des soldats, ajouter (art. 343) :

1° Le canonnier traduit devant un Conseil de discipline de régiment peut se faire assister par un officier ou sous-officier de son régiment ou de la garnison. Il peut également réclamer l'audition de toutes les personnes dont le témoignage pourrait être utile à sa défense ;

Le président du Conseil de discipline l'avise ou le fait aviser par l'officier chargé d'établir le rapport, au moins 8 jours à l'avance, du jour, du lieu et de l'heure de sa comparution. Copie des pièces et rapports établis contre lui, lui est remise par le rapporteur qui doit s'informer du nom du militaire qu'il désire prendre comme défenseur et des témoins qu'il désire faire entendre ;

Aucunes pièces autre que celles dont il aura reçu copie ne pourront être communiquées au Conseil. Les dépositions des témoins auront lieu en présence du soldat traduit.

Ces prescriptions seront applicables aux Conseils d'enquête des officiers et des sous-officiers.

(b) Droit de punir, modifier ainsi qu'il suit (art. 220) :

1° Le droit de punir s'exerce à partir du capitaine commandant de batterie. Tout gradé, ayant à se plaindre d'un inférieur, adresse un rapport à son commandant de batterie qui fait aussitôt une enquête et, s'il y a lieu, prononce une punition qu'il soumet à son chef d'escadron qui peut la réduire, la supprimer ou l'augmenter dans la limite de ses droits.

Si le militaire, objet de la plainte, appartient à une autre unité, batterie, groupe ou régiment, le gradé plaignant adresse son rapport au chef d'escadron commandant le groupe, au colonel commandant le régiment ou au commandant d'armes. Ce rapport est transmis au commandant de la batterie qui procède comme il a été dit ;

Dans ce dernier cas, c'est l'officier supérieur qui a reçu la plainte, qui prononce en dernier ressort ;

Le plaignant, le commandant de la batterie, l'incriminé ont toujours recours à l'autorité supérieure.

2° Par qui les punitions sont ordonnées (art. 331, 333) :

Par les capitaines commandants
 8 j. de cons. 4 j. de salle de pol. ou cons. à la ch. 2 j. de prison.
Par les chefs d'escadron
 8 j. de cons. 6 j. de salle de pol. ou cons. à la ch. 3 j. de prison.
Par les colonels
 8 j. de cons. 8 j. de salle de pol. ou cons. à la ch. 4 j. de prison.
Par les généraux de brigade
 8 j. de cons. 8 j. de salle de pol. ou cons. à la ch. 6 j. de prison.
Par les généraux de division
 8 j. de cons. 8 j. de salle de pol. ou cons. à la ch. 8 j. de prison.
Par les com^{ts} de corps d'armée
 12 j. de cons. 12 j. de salle de pol. ou cons. à la ch. 12 j. de prison.

(c) Permissions pour quitter la garnison, ajouter :

Par le capitaine commandant de batterie jusqu'à concurrence de 2 jours ; »

Par les chefs de d'escadron.......... jusqu'à concurrence de 3 jours.

Droit de récompense et d'encouragement égal au droit de punition de prison.

Le F∴ Courbier propose de voter purement et simplement la suppression en temps de paix de cette juridiction monstrueuse où l'on voit acquitter les gradés factieux et criminels et condamner sévèrement les pauvrres pioupious coupables de vétilles insigniflantes.

Le F∴ L∴, de Clermont, fait remarquer que le vœu déposé conclut presqu'au même objet.

Le F∴ Massé n'est pas partisan de la suppression complète des Conseils de Guerre. Il a mûrement étudié la question et déposé à la Chambre un projet de réorganisation adopté par la Commission de l'armée.

Il est arrivé à la conviction qu'il était impossible de supprimer purement et simplement les Conseils de guerre. Il propose d'enlever aux Conseil de guerre, et seulement en temps de paix, les délits et crimes de droit commun, en un mot de voter le projet présenté par les *Enfants de Gergovie,*

Le Fr∴ Tr∴, de Clermont, parle dans le même sens et demande également le vote du vœu.

Le § 1er du vœu est émis aux voix. Le Fr∴ Massé fait remarquer l'impossibil'té d'accepter la rédaction proposée, à cauʌe du mot : toujours...

On ne peut pas enlever aux Conseils de guerre en temps de guerre, la connaissance des délits et des crimes de droit commun commis.

Le Fr∴ R∴, de Clermont, propose d'intercaler : *en temps de Paix.*

Le § 1er est adopté avec une modification en ce sens.

Les 2e, 3e, et 4e §§ sont adoptés.

Le Fr∴ Massé appelle l'attention du Congrès sur le fait que dans chaque Conseil de guerre, un officier incriminé a toujours la garantie de voir siéger sur les bancs de ses juges, un officier de son grade. Cette garantie n'existe pas pour le soldat. Il demande à ce qu'il en soit dorénavant ainsi.

Un Fr∴ délégué fait remarquer qu'il est impossible de donner satisfaction au Fr∴ Massé, un minimum d'années de service étant nécessaire pour pouvoir siéger, et que le soldat ne se trouvera jamais dans cette situation:

Le Fr∴ Massé répond qu'il avait prévu l'objection, mais que le soldat n'est pas seulement soldat pendant 2 ans, mais bien jusqu'à 45 ans et que rien, dans ces conditions, n'empêche le soldat d'être représenté par un réserviste.

Il propose d'ajouter une phrase en ce sens au vœu adopté. (Adopté). — Le vœu portera donc § 4 : Lorsqu'un caporal ou un simple soldat sera justiciable du Conseil de guerre, celui-ci devra comprendre un caporal ou un simple soldat, appartenant à l'armée active ou à la réserve.

CERCIFICATS DE BONNE CONDUITE

Le F∴, rapporteur propose d'émettre le vœu suivant, tendant à faire modifier les règlements de service intérieur :

Le certificat de bonne conduite est accordé ou refusé sur la proposition d'une Commission, d'après l'avis, motivé en cas de refus, du capitaine et du commandant ;

En cas de refus de la Commission, le soldat sera traduit devant un Conseil d'enquête, dont ne pourront faire partie les membres de la commission, il pourra se faire assister d'un officier ou sous-officier de la garnison et réclamer l'audition des personnes dont le témoignage pourrait être utile à sa défense ;

Les rapports, pièces du dossier, lui seront communiqués 3 jours au moins avant sa comparution ;

La décision du Conseil ne pourra être modifiée qu'en faveur du soldat, ou, ce qui serait peut-être préférable. étant donné la mentalité du commandement qui, ne semble admettre que difficilement des décisions contraires à ses volontés, *supprimer les certificats de bonne conduite.*

Adopté à l'unanimité.

Les considérations tendant à imposer la suprématie du pouvoir civil sont approuvée sans discussion.

La parole est alors donnée au Fr∴ déléguéde la L∴ *Union et Solidarité.* Au nom de cet At∴, il dépose un vœu ainsi conçu :

Quelques esprits généreux poussent les officiers au rôle d'éducateurs de la jennesse, rôle fort séduisant, mais impraticable et même dangereux en raison de l'état d'esprit du corps d'officiers actuel. Chaque jour nous apporte une preuve nouvelle des sentiments réactionnaires et cléricaux des professionnels militaires. Nous avons eu les exploits des colonels Corbertin et Saint Rémy, des lieutenants de Lestapie et Portier, refusant d'obéir aux ordres de l'autorité civile qui leur prescrivait de marcher contre les congrégations rebelles à la loi; plus récemment encore un fait analogue s'est produit à Vannes pour 5 officiers chouans. Nous avons la partialité des juges militaires qui condamnent les simples soldats et acquittent les officiers rebelles.

Nous avons les manifestations journalières des officiers dans toutes les garnisons, contre le gouvernement républicain actuel et les propos séditieux tenus par des officiers à leurs soldats contre la République, la démocratie, les idées laïques et la disparition des sentiments religieux (capitaine Poirier et autres.)

On comprend dès lors l'empressement que mettent les officiers réactionnaires et la presse nationaliste à revendiquer pour l'armée si cléricale le rôle d'éducateur moral.

Un pas énorme a été fait dans ce sens depuis ces dernières années et si le gouvernement n'y prend garde, il verra renaître par l'armée éducatrice, l'influence néfaste qu'il combat aujourd'hui péniblement dans les congrégations enseignantes.

En conséquence, la Loge *Union et Solidarité*, de Montluçon, émet le vœu suivant :

VŒU

Les officiers devront se renfermer strictement dans leur rôle d'instructeur, purement militaire, en ce qui concerne leur action sur leurs subordonnés; il leur est interdit tout particulièrement de traiter des questions d'éducation morale, civique et sociale.

Le F∴ Massé fait remarquer qu'en acceptant ce vœu on atteint également les officiers républicains.

Le F∴, délégué de Montluçon, soutient le vœu. La grande majorité des officiers réactionnaires, se sont empressés, à la faveur de ces conférences, de faire une propagande active pour leurs idées, et s'il y a un avantage possible en ce qui concerne les officiers républicains, il y a un désavantage certain pour le moment, la presque unanimité des officiers, étant réactionnaire.

Le F∴ Massé. — Il propose de rédiger un vœu interdisant aux officiers de traiter dans ces conférences, des sujets se rapportant à des questions politiques ou religieuses

Le F∴ L∴, de Bourges, est convaincu de l'inefficacité de cette mesure, les officiers réactionnaires pourront à leur aise, traiter ces questions sans être inquiétés, et seuls les officiers républicains en seront empêchés.

Le F∴ L∴, de Clermont, soutient le vœu du F∴ M∴ de Montluçon.

Le F∴ Massé dit que de tout temps on s'est efforcé de considérer les officiers non seulement comme des conducteurs de troupes, mais aussi comme des éducateurs, il n'appartient pas aux républicains de prendre l'initiative d'une mesure tendant à restreindre ce rôle d'éducateur.

Il dépose en outre un contre-projet ainsi libellé :

Il est interdit à tout officier de parler à ses hommes de questions politiques ou religieuses.

Mis aux voix, ce contre-projet est adopté.

L'Ordre du jour est épuisé.

Remarque du F∴ B∴, du Puy, en ce qui concerne l'ordre du jour trop chargé, de l'insuffisance du temps pour la discussion et de la difficulté de présidence.

Il demande qu'au prochain Congrès, un plus long espace de temps soit donné pour discuter avec profit, les vœux soumis.

Le F∴ T∴ déclare être l'interprète de tous les délégués venus à Bourges et remercie les FF∴ Maç∴ de cet At∴ pour l'accueil si frat∴ qui a été fait aux représentants des LL∴ du Centre. Il constate que malgré sa récente formation, la L∴ de Bourges renferme des Maç∴ expérimentés et dévoués à la cause Maç∴. Il félicite d'une façon toute spéciale le Vén∴ F∴ Courbier d'avoir su grouper en aussi peu de temps des hommes animés de l'esprit de progrès, de justice et de solidarité, et espère que, grâce à lui grâce à eux, les idées Maç∴ se développeront dans le département du Cher, et souhaite prospérité à la L∴. *Travail et Fraternité.*

Il propose une chaleureuse batterie en l'honneur de la L∴ de Bourges.

Le F∴ Courbier, au nom de la Loge de Bourges, remercie chaleureusement le F∴ Massé et tous les membres du Congrès, et leur donne rendez-vous pour l'année prochaine, au Congrès de Clermont.

F∴ Massé. — Voulez-vous me permettre, avant de partir, comme président du Congrès, de vous remercier tous de la discipline que vous avez apportée dans nos discussions, de l'esprit de fraternité qui n'a cessé d'y régner, ce qui a singulièrement facilité la tâche.

Une triple batterie d'allégresse est tirée en l'honneur de la Franc-Maçonnerie et des Loges représentées au Congrès.

La séance est levée à midi, aux cris répétés de *Vive la République !*

Le Président du Congrès,

MASSÉ,

Député de la Nièvre,

Membre du Conseil de l'Ordre

du G∴ Or∴ de France.

Le Vice-Président,

COURBIER FÉLIX,

Vén∴ de la L∴ de Bourges,

Membre de la Chambre de Cass∴

du G∴ Or∴ de France.   Le Secrétaire,

LAMODIÈRE.

Par décision de la Fédération des Loges du Centre, le Congrès de 1905, aura lieu à Clermont-Ferrand et sera organisé par la L∴ *Les Philanthropes Arvernes.*

La L∴ *Union et Fraternité,* Or∴ de Montluçon, a été désignée à titre de L∴ suppléante.

Conférence Publique

Après le Congrès, une Conférence par le F∴ Massé a eu lieu au Théâtre, mis gracieusement à la disposition de de la Loge de Bourges par la municipalité ; voici le compte-rendu de cette conférence, donné par le journal l'*Avenir du Cher*, dans son numéro du 14 avril 1904.

Congrès maçonnique. — Le Congrès des Loges du Centre que nous avons mentionné dans notre dernier numéro, a clôturé ses travaux dimanche, par une conférence au théâtre sur : « la Franc-Maçonnerie et son action sociale », conférence, disons-le tout d'abord, fort intéressante.

Bien qu'il ait fait une journée superbe et qu'un soleil printannier eut plutôt invité à une promenade à la campagne, plus de 600 personnes, dont nombre de dames, préférèrent assister à cette conférence.

A deux heures et demie, le rideau se lève ; sur la scène ont pris place M. Courbier, président de la Loge de Bourges, M. Massé, député de la Nièvre et membre du Conseil de l'Ordre du Grand Orient de France, ainsi que tous les délégués des loges représentées au Congrès.

Dans une courte allocution, M. Courbier expose le but de la conférence : faire connaître la Franc-Maçonnerie, cette association si terrible, si fantasmagorique, qui inspire une si grande crainte à nombre de personnes illusionnées sur son compte !

La Franc-Maçonnerie a des adversaires terribles, dit l'orateur, qui ne reculent devant aucun moyen pour la déconsidérer. Tous les arguments de mauvaise foi sont bons aux journaux réactionnaires pour l'attaquer. Mais les Francs-Maçons dédaignent injures et calomnies, qu'ils traitent au sulfate de mépris.

Il est cependant une infamie contre laquelle nous protestons toujours avec indignation, celle de contester notre patriotisme. Les Francs-Maçons français possèdent un sentiment de patriotisme bien plus élevé certainement que celui de ceux qui les attaquent. Il sont des patriotes et non des patriotards ; ils servent la patrie mais n'exploitent pas l'idée de patriotisme. C'est pour défendre la patrie et la liberté menacées, que les Francs-maçons, les sans-culottes, les républicains, ont lutté à Quiberon et Coblentz contre les traîtres royalistes émigrés.

Des évêques ont raconté, des bigotes croient, que nos réunions sont présidées par le diable...

J'ai eu l'honneur d'être, déclare M. Courbier, pendant plusieurs années, président de la Loge de Montluçon, avant de présider celle de Bourges ; si le diable s'incarne dans la personne du président, j'ai la prétention de n'être pas un trop mauvais diable.

N'êtes-vous pas de mon avis ? (*Hilarité générale*).

On dit aussi que les Francs-Maçons se réunissent clandestinement, se livrent à des menées ténébreuses. Or les Maçons du Cher se réunissent très ostensiblement le dimanche, dans la journée, en plein centre de Bourges.

On dit aussi — que ne dit-on pas — que nous nous occupons exclusivement d'anticléricalisme. Un journal a publié l'ordre du jour du congrès qui vient de se terminer; ne sont-ce pas les lois ouvrières et les lois militaires qui occupent le premier rang?

Ce qui est vrai, c'est que les Francs-Maçons sont de braves gens, républicains dévoués, épris de justice et de fraternité, n'oubliant pas que leur institution est essentiellement philanthropique, philosophique et progressive. Nous nous livrons à l'étude de la morale, nous pratiquons la solidarité. La tolérance mutuelle, le respect des autres et de soi-même, la liberté absolue de conscience, tels sont les principes fondamentaux de notre ordre. Voilà ce qu'est la Franc-Maçonnerie, voilà ce que sont les Francs-Maçons, ardents défenseurs de la République. (Applaudissements).

Je cède maintenant la parole à mon ami Massé qui traitera ces questions mieux que je ne pourrais le faire moi-même.

Le citoyen Massé prend alors la parole et pendant deux heures, tient l'auditoire sous le charme de son éloquence sobre et persuasive. Son discours est couvert d'applaudissements nourris et répétés.

Nous analyserons sa conférence dans notre prochain numéro.

Le citoyen Courbier ayant demandé si quelqu'un désirait prendre la parole, un jeune libertaire se leva au parterre et d'une voix caverneuse, lança l'anathème contre les Francs-Maçons, républicains, radicaux, radicaux-socialistes, socialistes ministériels et socialistes révolutionnaires, qui tous, dit-il, ne sont que des berneurs amusant les peuples avec de belles paroles.

Cette lugubre intervention en amène une autre, comique celle-là et pendant vingt minutes la salle entière va se tordre dans un éclat de rire général.

A peine le jeune libertaire a-t-il terminé sa tirade, en effet, qu'un espéce de bouffon, à figure de sacristain en retraite ou de moine en rupture de bure, s'avance au parterre et d'un ton burlesque, se met à invectiver les Francs-Maçons. Tout le monde étonné, se retourne et part d'un éclat de rire, en apercevant le faciès allumé et bouffi du sieur Gonnet, ancien avoué, calotin fieffé.

On lui crie : à la tribune, à la tribune. Il fait alors le tour et passe sur la scène où il recommense ses invectives. Le rire gagne de plus en plus la salle qui le laisse crier et gesticuler, tout en lui décochant force lazzi. Un assistant lui crie même un moment donné : Votre chapelet ! Sans se démonter, notre homme sort de sa poche un énorme chapelet et, comme une arme vengeresse, le brandit au-dessus de sa tête. L'hilarité est à son comble à ce moment et les choses tournant au burlesque, le président, M. Courbier, juge avec raison que cette grotesque comédie a assez duré.

« N'étant pas au mardi gras, déclare-t-il, cette exhibition carnavalesque a été suffisamment contemplée. Je lève la séance. » Applaudissements frénétiques et cris de vive la République, à bas la calotte !

La sortie s'effectue et on peut voir sur toutes les lèvres le sourire d'aise provoqué par le pître clérical qui s'en va portant bas l'oreille et serrant fort... le poing.

En somme, excellente journée pour l'idée républicaine et pour la Raison contre toutes les calottes, contre tous les dogmes.

RÈGLEMENT des CONGRÈS

de la Fédération

DES LOGES MAÇ∴ DU CENTRE

Discuté et Voté

AU CONGRÈS DE BOURGES, LE 9 AVRIL 1904

Article premier. — Il y a chaque année un Congrès des LL∴ du Centre.

Article 2. — Le Congrès se compose des délégués des LL∴ régulièrement établies et en relations d'amitié avec le G∴ Or∴ de France et ayant donné jusqu'à ce jour leur adhésion, savoir : Nièvre, Loiret, Allier, Puy-de-Dôme, Haute-Vienne, Creuse, Indre, Haute-Loire, Cher, Indre-et-Loire, Loir-et-Cher, et des délégués des autres LL∴ qui adhéreront ultérieurement au présent règlement.

Article 3. — Le Congrès traite uniquement des questions d'intérêt général Maç∴.

Article 4. — Le Congrès se réunit dans la L∴ désignée par le Congrès précédent. L'Or∴ où le Congrès a déjà siégé ne peut être désigné une seconde fois avant que chaque At∴ de la Fédération ait eu le soin de l'organiser ou en ait décliné l'offre.

Il est désigné une L∴ suppléante, sans toutefois entraîner pour cette L∴ la priorité pour le Congrès suivant.

Dans le Or∴ comprenant plusieurs LL∴, le Congrès ne peut avoir lieu dans le même Or∴ avant l'expiration d'un délai de trois ans.

La réunion du Congrès a lieu chaque année à une époque fixée en même temps que l'Or∴

La L∴ chargée de recevoir le Congrès, d'accord avec les Off∴ du précédent Congrès, fixe la date de sa réunion, arrête l'ordre du jour et convoque les LL∴ adhérentes au moins deux mois à l'avance.

Article 5. — Les LL∴ ainsi convoquées sont invités à mettre les questions proposées sous le maillet.

Article 6. — Les travaux des Congrès s'ouvrent sous la présidence du Vén∴ de la L∴ dans le temple de laquelle il se réunit, ou à son défaut, sous la Présidence du délégué le plus ancien au grade de M∴

Article 7. — A la séance d'ouverture, et après vérification des pouvoirs, le Congrès procède à l'élection d'un Président et d'un Vice-Président qui doivent diriger les débats pendant toute leur durée ; il procède aussi à l'élection de l'orateur du Congrès.

Article 8. — Les délégués munis de pouvoirs réguliers des LL∴ auxquelles ils appartiennent, peuvent seuls être admis à voter.

Article 9. — Chaque L∴ adhérente sera représentée par 3 délégués ; ceux-ci devront être Maç∴ actifs et être choisis soit parmi les membres de l'At∴ adhérent ou d'un autre de la Fédération des LL∴ du Centre.

Article 10. — Le Président et le Vice-Président et l'Or∴ du Congrès sont assistés des Off∴ Dign∴ de la L∴ où le Congrès se réunit. Ces derniers n'auront voix délibérative que s'ils sont délégués de l'At∴ Le Congrès peut toujours, sur la proposition de l'un de ses membres, prononcer la clôture de la discussion.

Article 11. — Les questions sont discutées dans l'ordre fixé par la Pl∴ de convocation. Le Congrès aura toujours le droit de modifier son ordre du jour.

Article 12. — Les frais de déplacement et de séjour des délégués restent à la charge de ceux-ci ou des LL∴ auxquelles ils appartiennent. La Loge où se réunit le Congrès n'a, dans tous les cas, à supporter que les dépenses afférentes au local de l'Assemblée.

Article 13. — Lors de chaque session, il est organisé

un banquet dont la dépense est couverte par les souscriptions individuelles des membres qui y assistent et dont le coût ne doit pas être supérieur à six francs.

Article 14. — Le compte-rendu aussi complet que possible des travaux du Congrès est imprimé dans le mois qui suit sa clôture, par le soin des Off∴ Dign∴ de la L∴ qui a reçu le Congrès, et aux frais de toutes les LL∴ adhérentes, qu'elles aient ou n'aient pas envoyé de délégués pour les représenter.

Article 15. — Chaque année le Congrès fixe le nombre d'exemplaires auquel sera tiré le compte-rendu des séances et en détermine la répartition.

Article 16. — Pour subvenir aux frais d'administration, imprimés, affranchissements, etc, chaque L∴ affiliée versera une cotisation annuelle de 10 fr. Le Trésorier de la L∴ organisatrice sera Trésorier de la Fédération juqu'au Congrès suivant.

Article 17. — Tout ce qui n'est pas prévu par le présent règlement est réglé conformément à la Constitution et au Règlement général du G∴ O∴ de France.